호텔 프린스 소설가의 방
10주년 기념 에세이 앤솔러지

Check-out

쓰지
않은
결말

아침달

기획의 말

기획의 말

이야기를 결말짓지 않더라도

 '방'이라는 공간에서 우리는 이리저리, 무해하게 펼쳐집니다. 엉망진창으로 어질러지고 싶다가도 마음을 바로잡고 무언가에 몰두하기도 합니다. 때론 요란스럽게 때론 가만하게. 멍하니 내려다본 도시, 파묻힌 이불의 뽀송한 촉감, 방을 들고나는 사람들의 소리. 우리의 감각과 감정은 여러 갈래로 나누어집니다.

 방이 있습니다. 작가들은 이곳을 드나들며 잠시 머무릅니다. 숙식을 제공받으며 집필과 창작에 몰두합니다. 일상의 기운을 떠나 몇 날 며칠을 방의 기운으로 삽니다. 반복되기만 한 지루한 일상은, 마침내 방을 떠나는 순간 조금 낯설게 다가옵니다. 체크아웃엔 그런 힘이 있습니다. 다시 새롭게 낯설어질 수 있는 용기. 작품이 끝나는 순간엔 그런 힘이 있습니다.

『쓰지 않은 결말』은 한국문화예술위원회와 호텔 프린스가 함께 하는 '소설가의 방' 레지던스 사업의 10주년을 기념하기 위해 제작된 에세이 모음집입니다. 각자의 방에 머물며 오로지 작품에만 몰두하는 시간을 보냈던 열다섯 명의 소설가에게 '체크아웃' 이후의 일상에 대해 들려주길 청했습니다. 저마다의 기억과 상상에 기대 꿋꿋하게 써 내려간 그들의 낯설고도 일상적인 이야기. 그들에게 체크아웃은 어떤 의미로 다가올까요?

호텔을 체크아웃하는 일과 작품을 빠져나오는 일은 언뜻 닮은 듯 보입니다. 체크아웃은 성급할 수도, 느긋할 수도 있습니다. 또는 대가를 지급하고 미룰 수도 있죠. 준비가 다 된 상태임에도 마지막 호텔 키를 들고 나서려는 순간 다시 한번 뒤돌아보게 됩니다. 망설이고 주저하게 되는. 우리는 체크아웃에 늘 미숙한 것 같습니다. 남겨진 방은 늘 그렇듯 새로운 사람을 맞이합니다.

"작품은 작가가 펜을 놓을 때 끝나는 것이 아니다. 작가에게도 독자에게도 작품은 매번 다르게 읽히면서 끝나고, 또 새롭게 시작된다."

끝과 시작. 필연적으로 짝이 될 수밖에 없는 그 두 단어를 『쓰지 않은 결말』의 키워드로 붙이고 싶습니다. 작가들에게 작품을 끝내는 일이 어렵게 느껴지는 이유

는, 아마도 작품에 빠지는 순간이 있기 때문이겠죠. 이
야기를 결말짓지 않더라도 계속해서 쓸 이야기가 남아
있다면 좋겠습니다. 체크아웃 이후 돌아가야 할 곳이
있는 것처럼. 혹은 가야 할 곳이 있는 것처럼.

2024년 12월
아침달 편집부

목차

701

◎

내가 모든 걸
망쳤다는 생각으로부터

∿

우다영

2014년 『세계의문학』 신인상을 수상하며 작품 활동을 시작했다.
소설집 『밤의 징조와 연인들』, 『앨리스 앨리스 하고 부르면』,
『그러나 누군가는 더 검은 밤을 원한다』,
중편소설 『북해에서』가 있다.

◎

　　카프카는 폐결핵으로 죽어가던 생의 끝자락에서
가장 믿음직한 친구 브로트에게 자신의 모든 글을 불
태워달라고 거듭 간곡하게 부탁했지만 받아들여지지
않는다. 애초에 브로트는 친구의 피 끓는 유언이 고려
할 가치조차 없다는 태도로 보란 듯이 유능하게 그의
미발표 작품들을 세계와 내일로, 광활한 시공간으로
널리 퍼뜨리고야 마는데…… 이 유명한 일화를 처음 들
었을 때 내가 느낀 감정은 문학사의 중요한 작가를 가
까스로 잃지 않았다는 뒤늦은 안도도, 완고한 심미안
으로 작가 자신보다도 그의 글을 확신한 친구에 대한

놀라움도 아니었다. 그러니까 그 감정은…… 일단 한 번 세상에 내놓으면 이토록 끈질기게 살아남아 새로운 땅의 질감을 따라 기어가고, 바람의 방향을 따라 이쪽에서 저쪽으로 건너가는 글이라는 속성의 생명력, 정확히는 더 이상 내가 통제할 수 없는 타자적 생존에 대한 끔찍한 공포였다. 주워 담을 수 없는 소설이라니. 어떻게 그런 걸 매번 아무렇지 않게 쓸 수 있지?

갑자기 카프카를 떠올린 건 그의 죽음이 100주기를 맞아 떠들썩한 이 시점에, 공교로운 우연이지만, 내가 시름시름 죽어가고 있다고 느꼈기 때문이다.(모든 존재는 사멸을 향해 가고 있으니 어림없는 소리라고 할 수 있다.) 평소에도 나는 자신이 쓴 글 앞에서 주저하고 망설이는 작가들, 그것을 내던지고 싶은 충동에 휩싸이거나 참으려 해도 미움을 주체하지 못하는 작가들, 나아가 더 이상 한 글자도 쓰지 못해 절망한 작가들의 일화를 읽으면 남몰래 가슴이 두근거리곤 했다.

아 너도? 아 설마 너마저?

한차례 충격이 지나가면 몸과 머리가 개운해지며 어김없이 두 개의 조약돌처럼 명징한 기운을 얻는다. 말하자면 챙과 딱 사이, 어쩌면 셔터 같은 찰칵, 혹은 수

갑 같은 철컥, 아무튼 여운을 남기지 않고 꾹 닫히는 이 문이야말로 내가 찾아 헤매던 것이었다.(이 글을 쓰며 문득 조약돌 소리를 내는 키보드가 사람들에게 많은 사랑을 받고 있다는 사실을 떠올리는데…… 결국 온통 글쓰기뿐인 굴레에 갇혀버린 걸까?) 챙챙챙, 딱딱딱. 사방에서 나를 향해 다가오는, 나를 당장에 끝장내버릴 수 있는 것들이 보이면, 나는 일단 흠씬 얻어맞다가 요령껏 요리조리 피해 보다가 결정적인 순간에 이르러 멀리멀리 줄행랑친다. 표와 숙소를 구하고 짐가방을 싼다. 그러니까 여행이 아니라 도망인 셈인데, 죽어가는 마음에서 우연히 하나로 포개진 '카프카'와 '여행'으로 무언가 써 볼 수 있지 않을까 하는 생각이 들었던 것이다. 두 개의 조약돌 소리를 내며 이 무겁고 어려운 문을 닫을 수 있지 않을까 하고. 고백하자면, 많은 글이 이렇게 시작되곤 한다.

사실 여행이 처음부터 치밀한 도주로를 안배하며 계획되었던 것은 아니었다. 일상이 무너지자 일상 아닌 돌연한 것으로 여행만이 살아남았다. 일종의 기계적 소거법에 의한 탈락과 발탁의 결과라고 할 수 있다. 그렇다면 내가 잃은 일상은 무엇이었을까? 지금의 나로서는 떠올려보려 해도 이미 그림이 해지고 흐릿해진 막다른 벽만이 남아 있을 뿐이다. 대신 내가 분명하게 인지

하고 있는 것을 말해보자면, 나는 때때로 글을 쓰지 못하고 약속을 지키지 못한다. 운 좋게도 나와 내 글을 좋아해 주는 사람들과 일을 하지만 그들을 당황시키고, 곤란하게 하고, 지치게 만들며, 때로는 허무한 낙담으로 내몬다. 어쩌면 미래에 나는 결국 그들과 어색한 사이로 멀어질 것이다. 오직 나의 부진과 실패에 의해서. 사실 결정적인 문제는 그게 아니다. 나는 나의 무기력한 관망의 상태를 결코 이해할 수 없고, 사회적인 관계망 속에서 내가 저지른 행태를 끝내 용서할 수 없다. 스스로가 가장 싫어하는 사람이 되는 일은 극적인 이음매도, 요란한 파열음도 없이 이토록 자연스럽게 현실이 된다. 이쯤 되면 나는 일뿐만 아니라 친구와 가족에게도 집중할 수 없고 충실할 수 없다. 소통과 대화를 망치고, 하루를 망치고, 달걀 후라이마저 망치는 사람이 되어 즐거운 휴식이 되리라 기대했던 여행으로 도망칠 수밖에 없는 지경에 이르는 것이다.

앞서 적시한 일련의 흐름은 한껏 격렬해졌을 때의 마음이지만 과장은 없다. 사실 나는 속으로 더한 생각도 한다! 그리고 빠져나온다.(안 그럼 어떻게 살겠어……) 출구 없는 도망에서 빠져나오기. 이 이상한 탈출의 가능성 혹은 불가능성에 대해 이야기해 볼 수 있을 것 같다.

작년 12월, 『그러나 누군가는 더 검은 밤을 원한다』를 출간한 직후 히로시마에 갔다. 한 번도 가본 적 없던 곳이었고, 알고 보니 이제 막 인천에서 출발하는 직항이 열린 시점이어서 나보다 먼저 이 길을 지나간 사람이 많지 않았다. 블로그와 유튜브를 찾아보니 이전에 히로시마를 여행한 사람들은 후쿠오카나 오사카에서 다양한 육로 편으로 출발해 그곳에 도착했다. 고속버스도 있고, 탁 트인 유리 창가에서 이색적인 도시락을 먹을 수 있는 신칸센도 있다. 오사카와 히로시마는 서울과 부산만큼 떨어져 있고, 후쿠오카와 히로시마 사이에는 해산물 먹거리가 가득한 가라토시장이 있어 들렀다 가기 좋다. 몇 년 전에 게시된 사진에는 시장 앞 부두의 잔잔한 물결을 배경으로 성게와 연어의 알을 곁들인 윤기 도는 초밥, 타르타르소스가 발라진 새우튀김 그리고 맑은 꽃게 된장국이 여전히 먹음직스럽게 남아 있다. 나는 히로시마에 다녀온 후 지난 여행을 그리워하며 이런 '사실들'을 새롭게 알게 된다. 내가 히로시마로 향한 건 단지 항공권이 저렴하고, 비행시간이 짧으며, 입국과 출국 시간이 좋아 짧은 피난을 길게 체감할 수 있었기 때문이라는 '사실들'은 잊혀진다. 그리고 늘 이런 사실의 뒤섞임이 비현실적이라고 느낀다.

당시 나는 무척 지쳐 있었기 때문에 히로시마의 관광지와 교통편을 모르는 채로, 지역의 규모와 특색과 산책코스와 식도락을 모르는 채로 오직 예약한 호텔만을 목적지로 비행기에 올랐다. 내가 그 도시의 이름에서 떠올릴 수 있는 것이라고는 '1945년'과 '나가사키' 정도였고, 동행자 J 역시 마르그리트 뒤라스의 시나리오 『히로시마 내 사랑』을 기념으로 한 권 챙겼을 뿐이었다. 내가 가져온 책은 일주일 전에 하나의 물성이 되어 세상에 나온, 내 세 번째 소설집이었다. 어리석은 욕심을 부리며 다 읽지도 못할 무거운 책들을 손에서 놓지 못하고 결국 캐리어에 다 욱여넣고야 말았던 다른 여행들과는 다소 달랐다. 내게는 그 정도의 기운도 남아 있지 않았다. J와 나는 이동하는 도중에 여행에 들고 가는 책에 대한 각자의 생각을 이야기했고, 뒤라스 이야기도 나눴다. 작가의 삶과 사랑, 우울의 감정, 호르몬에 의한 유도와 굴복, 불가해한 충동과 더 불가해한 충동 없음, 회복의 여부, 전망, 가늠, 소원, 한숨, 한숨, 한숨.

나는 힘들다는 이야기를 그만하고 싶다고 털어놓았다. 좋은 사람들에게 좋은 말을 하고 싶다고. 재채기하듯 잠시도 숨기지 못하고 힘들다는 말만 반복하기 싫다고. 하지만 입을 열어도 문장을 써도 그리되니, 입을 열지도 문장을 쓰지도 않아야 할 것 같다고 말했다.

너는 사람들 생각을 그만해야 해. 소설 생각도.

하지만 나는 어느 순간부터 사람들에 대한 생각을 멈출 수 없었고, 특히 하루 중 대부분의 시간을 편집자님들을 떠올리는 데에 할애하고 있었다. 심지어 실제로 대면한 적이 없고 메일과 전화로만 소통했던 분들의 얼굴을 마음대로 상상해 떠올리기까지 했다. 정말 의미 없고 합리적이지 않은 짓이란 걸 알지만, 그렇지만 도무지 멈출 수가 없는 걸…… 나는 다른 사람들을 생각하고 생각하다가 거의 그 사람이 되어버린다. 다른 사람의 눈으로, 다른 사람의 마음으로 나를 바라본다. 왜 그랬어? 이제 어쩔 거야? 절레절레. 어휴 더 이상 못 참아주겠군.

카프카의 소설 「술주정꾼과의 대화」에는 '생각하는 사람'이 나온다. 그는 '하늘'과 '원형 광장'을 향해 그 실존을 묻고, '달'의 이름을 바꿔 부름으로써 그 속성을 변형시킨다. 그가 세상을 가만히 두지 않으면 세상은 속절없이 들쑤셔진다. 그러므로 그는 '깊게 생각하는 것은 그 대상에게 해로운 일'이라고 생각한다. 꼬리에 꼬리를 무는 사색 끝에 그는 번뜩이는 아이디어를 떠올린다. '그런데, 만약 곰곰이 생각하는 사람이(생각

하지 않는) 술주정꾼에게서 배운다면, 틀림없이 엄청 유익할 텐데 말이야!'

히로시마 여행 첫날, 두 번째가 세 번째로 갔던 술집(J와 나는 어느 가게에서건 술을 마셨다.)은 오반자이 집이었다. 우리나라로 치면 포장마차와 백반집이 섞인 형태로, 미리 만들어둔 반찬을 쌓아두고 주문이 들어오면 따뜻하게 데워주거나 소스와 파를 곁들여 내준다. 나는 어느 나라를 가건 백반이나 가정식을 파는 현지 노포를 꼭 한 번 찾곤 하는데, 이번에 찾은 가게는 자리마다 동네 어른들이 가득하고, 연세 지긋한 두 할머니 사장님이 서로의 동선을 해치지 않으며 좁은 부엌을 장악하고 있다는 점에서 제대로 된 곳이 틀림없었다. 심지어 가게에 있던 모두가 외국인이 이곳을 방문하리라고 전혀 예상하지 못한 듯 한국인인 우리를 무척 신기해했고, 직원들도 손님들도 거듭 물었다. 칸코쿠진 데스카? 하이, 칸코쿠진데스! 영어는 전혀 통하지 않았고 일본어 번역기로도 어쩐지 소통이 어려웠지만 한 할머니 사장님은 개의치 않고 하고 싶은 이야기가 생길 때마다 우리 자리에 와서 긴 일본어를 이어갔다. J와 나는 고개를 끄덕이며 눈치껏 알아들었다. 메뉴판이 따로 없는 주문 방식과 음식들에 대해 알려주고 싶어서, 또 한국에 대해 알고 있는 정보가 떠오를 때마다 꼭 이야기해주기 위해서 오시는 것 같았다. 내가 겨우 알아들은 단어는 월드컵, 드라마, 지우 히메, 이 한국 노래……

　알고 보니 히로시마 사람들은 한국 사람을 거의 본 적이 없다고 한다. 그럴 수가 있나? 요즘 같은 시대에, 이렇게나 가까운 나라인데. 하지만 히로시마에 머무는 내내 많은 현지인들의 반응을 보니 분명해졌다. 그들은 우리가 한국 사람이라는 것을 알 때마다 놀라워했고, 입을 모아 이곳에서 한국인을 본 적 없다고 말했다. (그러고 보니 나 역시 한국인을 마주친 적이 없다. 관광지에는 대체로 소규모 단위의 서구권 외국인들이 있었다.) 이 얘기를 처음 해준 사람은 오반자이 집 옆자리에 있던 한 아주머니 손님이었는데,(물론 일본어로) 88 서울 올림픽 때 부산에 가본 적이 있다고 했다. 서울이 아니고요? 응, 부산. 배 타고. 기억하고 있어. 산과 바다. 사람들. 아름다웠어. 아주머니는 부부로 보이는 두 노인과 조금 더 젊은 남자와 일행이었는데 가족처럼 보였지만 자세한 관계를 추측하기는 어려웠다. 그녀는 분명 맛있을 거라며 선반에 쌓여 있지 않고 따로 주문해야 나오는 반찬 중에 몇 가지를 우리에게 사주기까지 했다. 깜짝 놀라 거듭 감사 인사를 하자 아주머니는 프레젠토! 프레젠토! 하며 손을 내저었고, 내내 목소리를 듣기 힘들었던 두 노인 일행이 우리 모습을 보며 똑 닮은 미소를 지었다. 나는 은혜를 갚기 위해 아주머니가 드시던 술을 한 잔 사서 보냈다.(옆 테이블에 술을 보내본 건 처음이야.) 두 손으로 입을 가리고 기뻐하시던 아주머니는 몰래 술값까지 전부 계산하고 떠나셨는데, 우리 앞으로 남은 금액은 선물로 보낸 술 한잔뿐이었다. 안 아드렸어야 했는데. 다른 모든 후회를 밀어두고, 그날 밤 내가 한 후회는 그것뿐이었다.

카프카 소설의 생각이 많은 사람은 술주정꾼을 찾아가 대화를 시도하지만, 상대의 몽롱한 정신은 아무런 말을 듣지도, 대답을 들려주지도 못한다. 그렇지만 생각하는 자가 술 취한 자에게 배우려 한다. 관찰하지 않기 때문에 무지한 채로 사라질 수 있는 시간의 소중함을. 그리고 내일 날이 밝으면 그 모든 것을 다시 볼 기회가 생긴다는 평범한 행운을. 비록 그들의 대화는 실패하지만, 비틀거리며 어딘가로 귀가하려는 술주정꾼에게 생각하는 사람은 팔을 내준다. 혼자만의 사색에서 벽에 부딪히는 독백으로, 그리고 동행의 팔짱으로 이어지는 과정은 탈출의 한 방법을 보여준다. 문제를 풀지 않고, 문제를 빠져나간다. 문을 열지 않고, 문밖으로 나간다. 출구 없는 방의 안쪽을 바깥쪽으로 뒤바꾸는 방식으로.

내가 가진 한 카프카 소설집에는 「술주정꾼과의 대화」 앞에 「기도자와의 대화」라는 소설이 나란히 실려 있다. 성당에서 몹시 시선을 끄는 동작으로 기도하던 남자와 대화를 나누게 되는 내용인데, 그 괴상한 기도자는 사물들을 들볶던 생각하는 자와 달리, 사물들의 진짜 이름을 잊어버린 자다. 그것들로부터 도망치기 위해 급히 우연한 이름들을 지어주는 자. '포플러'를 알지 못하거나 알고 싶지 않아서 '바벨탑'이라고, 또 '술에 취했을 때의 노아'라고 부를 법한 자. 스스로가 연약한 표상들 속에서 세계를 이해하듯, 이해되기 위해서 그 역시 사람들에게 보여져야 한다. 기도자는 말한다. '나 자신만으로는 내가 존재한다고 확신한 적이 없어요.' 소설은 기도자에게 말한다. '당신은 자신의 상태를 다른 사람들에게서 추측함으로써 자신을 구제하는 재미있는 방법을 한 가지 갖고 있군요.' 과연 자기 자신을 구제하는 방법을 알고 있는 사람이 얼마나 될까?

다음 날 J와 나는 아침을 먹은 뒤 산책을 했다. 원폭으로 파괴된 폐허 위에 재건된, 그 재건마저 이제는 오래된 기억이 된 거대한 계획도시를 천천히 구경하다가 백화점에 들어갔다. 지하 식품 코너에서 선물용으로 적당한 과자를 고르며 내용물과 포장의 만족도를 따지

고 있을 때, 누군가 내 손목을 붙들었다. 한국 사람이에
요? 그녀는 마스크를 쓰고 있어 눈밖에 보이지 않았는
데, 곧 우리에게 얼굴을 보여주기 위해 마스크를 벗었
다. 나는 한국 사람이에요. 한국 할머니예요. 그녀는 짧
은 순간 그 한국말을 여러 번 반복했고 그건 마치 외국
어처럼 들렸다. 나는 그녀가 어떤 말을 먼저 해야 할지
몰라 당황한 것 같다고 느꼈는데, 다행히 J도 무언가를
느꼈다. 아무 말도 잇지 못하는 한국 할머니. 도리어 그
렇게 대화가 시작됐다. 우리는 기다렸고 기다림 속에서
이미 그녀의 마음과 접촉했다. 한국 할머니가 겨우 해
낸 첫 말은 그녀가 좋아하는 과자를 사러 이곳에 왔다
는 내용이었다. 히로시마 시골에, 아는 사람이라곤 아
무도 없는 그곳에 5년 전부터 살기 시작했는데 최근 병
을 얻어 병원에 다니고 있다고. 오늘 검사 때문에 시내
에 나왔다가 좋아하던 과자가 생각나서 여기 온 거라
고. 여기서 갑자기 우리가 나누는 한국말을 들은 거라
고. 한국 할머니는 그런 이야기를 사람 많은 과자 가게
앞에서 서둘러 쏟아내다가, 불현듯 자신이 좋아하는
과자를 얼른 사서 우리에게 안겨주다가, 그러고도 계
속해서 이야기를 이어갔다. 50년도 더 전에 남편을 따
라 일본에 왔다고. 서울에서 대학을 다니다가 동경에서
대학을 다녔다고. 남편의 일 때문에 동경을 떠나 120년
이나 된 고택에 살게 되었는데 알고 있는 사람 모두 동

경에 있어서 그간 아무도, 아무도 만나지 않았다고. 우리는 듣고 싶어서, 그녀가 계속 말하도록 하게 하고 싶어서 붐비는 식품관 통로에서 벗어나 벽이 있는 구석으로 갔다.

그때 내 마음 안에선 속절없는 슬픔이 차오르고 있었다. 내가 슬펐나 봐. 그동안 많이 슬펐나 봐. 이상한 일이지만, 그 슬픔은 당장 절절하게 목도하고 있는 한국 할머니의 슬픔이 아니었다. 내가 가지고 있는, 나만이 감각하고 나조차 이해할 수 없는, 고유하고 모호한 나의 슬픔이었다. 슬픔이 꼭 명백히 공유되어야 할까? 과연 그런 일이 일어날 수 있을까? 하지만 그럼에도 나는 카프카의 기도자처럼, 나의 슬픔을 다른 사람의 슬픔에서 추측하며 겨우겨우 나의 구제를 도모한다. 살기 위해서 타인의 아픔을 본다. 짓궂게도, 문의 뒷면에 또다시 사람들이 있다. 이러나저러나 사람들 생각을 멈출 수 없다. 한 가지 흥미로운 점, 기도자의 기도도 나의 기도도 내용은 중요하지 않으며 오직 관측되는 기도의 행위만이 작용의 주체가 된다는 사실이다. 기도는 사라지고 기도하는 사람만이 남는다.

한국 할머니는 우리에게 밥을 사주고 싶다는 말도, 집에 초대해서 밥을 해주고 싶다는 말도 했지만(한국인에게 밥이란……) 금세 다시 주워 담았다. 여행을 왔으니 여행을 해야죠. 가야죠. 가세요. 한국 할머니는 우릴 보내주려 애쓰면서도 또 물었다. 여비는 충분해요? 학생이에요? 나는 어제 일본 아주머니의 가차 없는 시혜가 떠올라서 선수치며 손을 내저었다. 저 어른이에요. 일 많이 해요. 일해요? 그럼요. 무슨 일? 작가예요. 나는 거기까지 말하며 가방 속에 든 내 책을 선물해야겠다는 아이디어를 떠올렸다. 뭐라도 드리고 싶었는데 산책을 위해 들고 온 가방에 든 물건은 정말 내 신간 한 권뿐이었다.(분하다 정말!) 나는 쑥쓰러워하며 책을 꺼냈고, 오색 빛이 산란하는 아름다운 속지에서도 가장 밝은 곳에 신중히 사인했다.(펜이 없어 그녀의 펜을 빌렸는데 그것마저 주고 싶어 하셔서 받았다. 우리는 서로에게 뭐든 주고 싶어 못 견디는 상태였다.) 일주일 전에 책이 처음 나왔을 때, 나는 출판사에 가서 수백 권에 사인을 했다. 그때는 뭐라 적을 문장을 아직 떠올리지 못해서 그저 이름만 쓴 것이 못내 아쉬웠다. 하지만 한국 할머니에게 책을 드릴 때는 문구를 준비해둔 상태였고 다행히 적을 수 있었다. '기도와 기적을 드릴게요.' 그 문장은 내가 오래 간직하며 여러 글에서 변주한 내용이었는데, 기도가 이미 기적의 일부이기에 기적을 주는 마음으로 그 무엇이든 기도하겠다는 뜻이었다. 아프지 않으셨으면 좋겠어요. 다시 건강해지실 거예요. 나는 책을 건네

며 말했고 한국 할머니는…… 책을 받았다. 한글로 적
힌 책을 너무 오랜만에 봐서요. 언어는 무용해진다. 그
녀가 조심스러운 손길로 책장을 넘기고 새까만 표지를
어루만지는 동안 꿈쩍 않던 내 마음도 다음으로, 다음
으로 쉽게 넘어간다. 어루만져진다. 나는 축하를 받고
또 위로를 받는다. 단호한 한국 할머니는 말한다. 나는
할머니예요. 이 책을 그냥 받을 수는 없어요. 그녀는 결
국 내 손에 3천엔을 쥐여준다.

　　밝혀두자면, 히로시마에서는 그다음에도 또 그다
음에도 자꾸만 소설 같은 일이 벌어졌다. 여기서 모든
에피소드를 풀어놓을 수는 없겠지만, 소설이라면 도저
히 쓸 수 없었을 우연한 인연의 연속이었다는 사실만
은 분명했다. 마치 온 세상이 나를 관측하고 있는 듯했
다. 사람들이, 그 친절한 구원자들이 끊임없이 나를 바
라봤다. 나에게 다가왔다. 심지어 여행의 마지막 날에
는 그곳에서 만난 사람들과 밤새 시간을 보내다가 호
텔을 거의 이용하지 못하고 급하게 체크아웃해야 했
다. 그리고 나는 그쯤에서야 내 도망이 끝났다는 것을
서서히 인지했다. 실은 내가 도망자라는 사실을 깜빡
잊어버림으로써, 그러니까 그 문제가 더 이상 내가 가
진 가장 크거나 유일한 문제가 아니라는 사실을 받아
들임으로써 나는 도망에서 빠져나온다.

카프카가 쓴 가장 짧은 소설 「작은 우화」에 대해서도 적어두고 싶다. 소설에는 점점 자신을 조여오는 벽을 피해 더 막다른 곳으로 도망치는 쥐가 나온다. 그런데 사실 쥐에게는 세상이 넓어 겁을 먹었던 시절이 있었다. 작은 쥐에게 너무 넓은 세상은 아무것도 없는 거나 마찬가지였고, 그래서 쥐는 왼쪽과 오른쪽에서 벽이 나타날 때마다 행복을 느꼈다. 쥐의 행복이 쥐를 죽음으로 내몬다. 좁혀 들어오는 벽을 피해 도망치다 보니 덫이 놓인 마지막 방 안으로 달려 들어가야 하는 운명을 맞은 것이다. 나는 내 마음대로, 벽을 사랑했던 쥐에게 집중한다. 그리고 온 세상 가득 자꾸만 벽을 만들어낸 건 사실 쥐였다고 믿어버린다. 의미를 찾을 수 없는 세상은 믿을 수 없을 만큼 텅 비고 외로워서 만물에 의미를 부여했다고. 보이는 모든 것에 이름을 짓고, 특성을 분류하고, 그것들과 몸소 교류하며, 세상의 맥락을 이었다고. 외로운 쥐가 스스로 벽을 만들고, 길을 만들고, 결국 운명을 만들었다고 나는 믿어버리는 것이다. 벽은 사랑의 흔적이라고. 그렇다면 이 사랑의 흔적을 두고 도망치는 것이 정말 내가 원하는 일일까? 소설은 이렇게 끝난다.

"너는 단지 달리는 방향을 바꾸기만 하면 되는 거

야." 하며 고양이가 쥐를 잡아먹어 버렸다.

어쩌면 스스로 만든 벽에 갇힌 나에게 진실을 알려주는 건 나의 적일지도 모른다. 또한, 나를 가둔 벽을 나가는 방법은 탈출의 방식이 아니라 죽음의 방식일지도 모른다.

J와 나는 짐을 챙겨 나오면서 호텔 방을 한 번 돌아보았다. 우리가 묵은 방은 한쪽 벽에 두 개의 큰 창이 사이 간격을 두고 떨어져 있었는데, 왼쪽 창 앞에는 긴 소파가 놓여 있었고 다른 쪽 창은 침대에 누워 베개에 머리를 대면 히로시마의 모든 것을 내다볼 수 있는 기가 막힌 위치에 있었다. 두 창은 시선이 약간 다른 두 개의 액자 같았고, 위의 반은 항구 특유의 구름이 발달한 하늘로, 아래의 반은 빽빽하게 축조된 건물들로 채워져 있었다. 자연이 만든 것과 인간이 만든 것으로 빈틈없이 꽉 찬 그 풍경을 오래도록 눈여겨 바라보면 하늘과 땅 사이에 아주 얇은 바다와 섬이 있는 걸 발견할 수 있다. 가장 눈부신 빛을 머금은 한 줄기 선을, 그전에는 전혀 보지 못했다는 사실에 깜짝 놀라면서. 우리가 처음 방에 들어왔을 때 그랬고, 마지막에도 마찬가지였다.

702

◎

다녀오겠습니다

〜

도재경

2018년 『세계일보』 신춘문예를 통해 작품 활동을 시작했다.
소설집 『별 게 아니라고 말해줘요』가 있다.
〈심훈문학상〉, 〈허균문학작가상〉을 수상했다.

◎

무슨 이유인지는 모르겠지만 동네 사람들은 내 친구를 '수캐'라고 불렀다. 심지어 수캐의 부모까지도. 그래서 나도 수캐라고 불렀다. 수캐는 내가 대문 밖을 나서며 가장 처음 사귄 친구였다. 돌담을 따라 돌멩이가 울퉁불퉁 튀어나온 골목을 50미터 정도 걸어가면 파란색 페인트로 칠해진 나무 대문이 있었다. 수캐네였다. 당시 그곳은 내가 스스로 탐험한 가장 먼 영토였다.

"수캐야 놀자!"

수캐는 기다렸다는 듯 대문 밖으로 고개를 빼꼼 내밀었다.

우리는 한동네에 살았고, 키도 비슷했고, 나이도 같았다. 다른 점도 있었다. 수캐는 나와 달리 형과 누나가 있었고, 나는 수캐와 달리 동생이 있었다. 물론 그런 건 중요하지 않았다. 우리는 돌담 아래에 쭈그리고 앉아 개미를 잡아 맛보았고, 휴지를 국수처럼 말아서 먹기도 했으며, 성냥 황을 막대 사탕이라 여기고 빨아먹기도 했다.(이것저것 닥치는 대로 집어 먹어서 그랬는지 나는 그로부터 10년 후쯤 충수염 수술을 받았다. 수캐의 뱃속은 무사할까.)

수캐를 처음 만난 날을 정확하게 기억할 순 없지만 적어도 이삼 년 동안 곧잘 어울렸던 것 같다. 그 기간 우리는 활동 영역을 조금씩 넓혀 갔다. 호떡을 파는 포장마차와 성냥 황보다 더 맛있는 알록달록한 사탕을 파는 구멍가게가 있다는 사실을 알게 되었으며, 집에서 새는 바가지 밖에서도 샌다더니 누가 먼저랄 것도 없이 사탕을 집어 입에 넣은 바람에 나이든 주인장으로부터 꾸지람을 들었고, 어디선가 나타난 어머니가 대신 계산을 치러야 했다.

당시 우리가 개척한 영토는 수캐네로부터 반경 100미터 정도. 구멍가게에서 오른쪽으로 곧게 뻗은 길 끝에 우리보다 큰 아이들이 우르르 몰려나오는 건물이 보였다. 앞으로 우리가 다니게 될 학교였다.

또래보다 생일이 빨랐던 탓에 한 해 먼저 초등학교

에 입학해야 했던 나는 언제나 나보다 큰 아이들이 가득 들어차 있는 교실의 맨 앞줄에 앉아야만 했다. 입학 전 선행학습이라고는 고작 내 이름 세 글자 쓰는 법을 배운 게 전부였다. 아니나 다를까 나의 받아쓰기 실력은 형편없었다. 빨간색 색연필로 점수가 매겨진 시험지를 들고 집으로 돌아온 나를 보며 어머니는 무슨 생각을 하셨을까. 100점 만점에 10점, 운이 좋은 날에는 20점. 그러거나 말거나 나는 시험지를 던져놓고 곧장 수캐네로 달려갔다.

우리는 돌담에 낀 마른 이끼를 뜯어냈다. 그건 소꿉놀이에 쓸 시금치 같은 식재료였다. 우리는 꽤 손발이 잘 맞는 사이였다. 내가 전봇대 아래 반석 앞에서 이끼를 손질하는 동안 수캐는 집에 들어가 찌그러진 개 밥그릇과 물그릇을 가지고 나왔다. 나는 차돌로 사금파리와 깨진 기왓장을 곱게 빻았고, 수캐는 도랑에서 파낸 흙을 개 밥그릇에 담았다. 이따금 우리 집과 수캐네에 묶여 있던 누렁이들을 끌고 와 우리의 밥상 앞에 앉히기도 했다. 두 손님은 우리처럼 산만했다. 뭐가 못마땅한지 쉴 새 없이 낑낑거렸고, 정성 들여 차려 놓은 밥상을 툭하면 뒤엎었다. 그래도 우리는 밥상 앞을 꿋꿋이 지키며 엄마와 아빠 말투를 번갈아 흉내 냈다.

"너는 왜 학교에 안 가?"

나는 마른 이끼를 질겅거리며 물었다.

"내년에 간대."

"같이 다니면 좋을 텐데."

"학교는 어때?"

수캐가 개미를 쭉쭉 빨며 물었다.

"다닐만 해."

나는 거짓말을 했다. 사실 그 무렵 나는 받아쓰기 뿐만 아니라 다른 문제로도 애를 먹고 있었다.

세상에 내 손가락과 발가락보다 더 많은 숫자가 있었다니. 어머니와 동생의 손과 발을 빌리면 간단히 해결될 거라 여겼지만 날이 갈수록 숫자는 점점 무거워졌다. 어느 날 어머니는 도저히 이대로 둬선 안 되겠다 싶었는지 내게 계란 과자를 한 봉지 사 오라고 심부름을 시켰다. 어머니는 커다란 접시 위에 계란 과자를 쏟아 놓고 덧셈과 뺄셈하는 방법을 가르쳐 주었다. 어머니가 낸 문제를 맞힐 때마다 계란 과자가 하나씩 주어졌다. 그건 마른 이끼나 개미에 비할 수 없을 정도로 달콤했다.

그 무렵 우리가 뛰어놀던 골목의 돌담이 와르르 무너진 일이 있었다. 무슨 놀이를 했는지 기억은 흐릿하지만 무너진 돌담 너머 마당에 빨간색 샐비어가 가득 피어 있던 풍경만큼은 선연하다. 어디선가 어른들이 나타나 먼지를 잔뜩 뒤집어쓴 우리를 살폈다. 다행히 다친 곳은 없었지만 덜컥 겁이 났다. 어쩐지 우리가 이끼를 너무 많이 떼어먹어서 돌담이 무너진 것 같았다. 우리는 앞으로 이끼를 뜯어먹지 않기로 약속했다. 퍽 어른스러운 결정이었다.

이듬해 수캐도 초등학교에 입학했다. 수캐는 나와 같은 반 친구를 형이나 누나라고 불렀다. 그게 좀 어색하긴 했지만 우리는 틈만 나면 이름 모를 벌레를 잡았고, 올챙이나 개구리를 찾으려고 도랑을 들쑤시기도 했다. 이따금 샐비어 꽃을 따다가 꽁지를 빨아 먹긴 했지만(그러다가 더러 수술에 숨어 있던 개미를 삼키기도 했지만) 이끼를 비롯해 이상한 걸 더 이상 입에 넣지 않았다.

우리는 같은 학교에 다녔지만 학년이 달랐던 탓에 조금씩 멀어졌고, 소꿉놀이나 술래잡기가 시시해질 무렵 수캐는 결국 나를 형이라고 불렀다. 우린 나이가 같잖아. 그래도 소용없었다. 수캐는 단단히 마음먹은 듯했다. 뭔가 서운했다. 마치 친구를 잃은 기분이었다. 그땐 몰랐지만 나는 한 시기와 결별하던 중이었다.

그 후로 얼마나 많은 결별을 했던가. 누군가와 헤어지며 눈시울이 붉어진 적도 있었고, 다시 만날 것을 약속하며 헤어지기도 했고, 인사조차 나누지 못한 채 헤어진 적도 있었다. 이게 얼마 만이야? 친구를 만나면 묻곤 한다. 그러고는 마지막으로 만났던 날을 되짚곤 한다. 그런데 수캐를 생각하면 조금 이상한 생각이 든다. 만난 기억은 있는데 헤어진 기억이 없다. 그럼 우리는 제대로 결별한 게 맞나. 그래서인지 모르겠지만 내 기억 속 수캐는 언제나 예닐곱 살 꼬마 아이 모습 그대로다. 우리가 함께 뛰어놀던 골목은 오래전 확장되어 아스팔트로 포장되었고, 돌담을 비롯해 키 작은 집들이 있던 자리에는 빌라와 상가가 들어섰지만 수캐만큼은 마치 피터 팬처럼 한 뼘도 자라지 않은 채 내가 돌아오기를 기다리고 있을 것 같다.

사실 내가 수캐와의 일을 다시 떠올리게 된 건 비교적 근래의 일이었다.

"수캐가 참 착했어."

지난봄 어느 날 침상에 누워 있던 어머니가 대뜸 말했다. 그 순간 덮여 있던 수많은 기억이 불쑥 솟아올랐다. 수캐라는 이름이 불러온 것들. 일테면 원인을 알 수 없던 이식증과 저조한 받아쓰기 성적, 그리고 계란 과자를 앞에 두고 셈을 하던 기억들이 한꺼번에 떠올랐다. 가만 생각해 보면 나를 둘러싼 모든 것은 언제나 변하는 중이었고, 그래서 늘 혼란스러웠던 것 같다. 어떤 사람은 그걸 성장이라고 말할지도 모른다. 받아들이고 싶지 않지만 누구에게나 결별의 순간이 찾아온다. 한 시기든 한 사람이든, 그게 뭐든지 간에 결별하고, 성장을 거듭한다.

다행인지 불행인지 지난해 가을 이후 단편소설 원고 청탁도 없던 터에 장편소설을 마감할 작정으로 날마다 동네 카페를 들락거렸다. 하지만 해가 바뀌고 얼마 지나지 않아 더 이상 작업을 이어갈 수가 없었다. 일상은 완벽할 정도로 정지되었다.

지난 설날, 어머니 집을 찾았을 때였다. 방 한구석에는 아랫집에서 구해 온 초등학교 1학년 국어 교과서가 놓여 있었다. 무심결에 펼쳐 본 교과서 여백에는 어머니가 베껴 쓴 글자로 빼곡했다. 어머니는 이따금 단어가 잘 생각나지 않는다고 했다. 글씨 쓰기 연습을 많이 해서 그런지 오른손 손끝도 저릿하다고도 했다. 지금 생각해 보면 명백히 불길한 징후였지만 그때만 해도 그게 무얼 의미하는지 알 수 없었다. 사실 어머니의 모습은 평소와 다를 바 없었다.

"다녀오겠습니다."

그건 어머니와 헤어질 때마다 줄곧 건넸던 인사였다. 객지에서 고등학교를 다닐 때도, 군 생활을 할 때도, 집을 나설 때면 언제나 그렇게 인사했다. 그러고 나서 몇 시간 만에 다녀오기도 하고, 일주일 후에 돌아오기도 했다. 때론 일 년 가까이 걸린 적도 있었다. 하지만 이번엔 하루만이었다.

딱 하루 만에 다시 만난 어머니는 나를 보며 방긋 웃었다.

어머니의 왼쪽 측두부를 확대한 검회색 화면에 호

두처럼 생긴 하얀 섬이 보였다. 순식간에 내 앞의 세상은 잿빛으로 바뀌었다.

그날 이후 나는 어머니에 대한 모든 정보를 기억해야만 했다. 어머니의 생년월일과 주민등록번호, 혈액형, 체중과 신장, 병력, 발병 경위 등을 병원을 옮길 때마다 의료진 앞에서 반복해서 읊었다. 기억, 혈압, 심장, 시력, 청각 등 그 외 모든 신체 기능은 대체로 온전했다. 하지만 대수롭지 않게 여겼던 두 가지 징후는 이후 걷잡을 수 없이 악화됐다. 오른손 손끝에서 시작된 저릿한 증상은 얼마 지나지 않아 오른팔 전체로 번졌고, 결국 오른팔을 전부를 쓸 수 없게 되었다. 게다가 하루가 다르게 언어 기능을 상실했다.

어떠한 연구가 진행되고 있는지 모르겠지만 적어도 그 분야에 명의가 없는 건 분명해 보였다. 내가 만난 의사들은 매번 고개를 절레절레 흔들었다. 언어 기능을 상실하는 것만으로 심장이 멎을 수 있다는 사실이 도무지 믿기지 않았다. 어머니의 머릿속에서는 날마다 언어가 지워졌고, 나는 어머니의 언어를 붙잡기 위해 안간힘을 썼다.

지난봄 나는 살면서 어머니와 가장 많은 이야기를 나눴다. 수캐는 잘 살까? 그런 이야기를 비롯해 내가 아무거나 닥치는 대로 집어 먹어 애를 먹던 일이나 도랑에 빠져 죽을 뻔한 일까지도.

"그래도 여기까지 무사히 잘 왔어, 그래서 고마워."

어머니는 웃음이 많았고 농담도 곧잘 했다. 어머니는 이 학교 저 학교를 옮겨 다니며 강의하는 나를 메뚜기라고 부르곤 했다. 아무렴 어때. 어머니가 우스갯소리를 하는 거라고, 그러니까 이내 괜찮아질 거라 생각했다.

"어머니 저 소설 쓰잖아요."

나는 어머니 앞에서 내 직업을 거듭 정정해 드렸다. 하지만 어머니에게 내 직업은 메뚜기였다. 어머니의 머릿속에서 소설가라는 단어는 어느새 완벽하게 지워져 있었다.

늘 그래왔듯 어머니와 헤어질 시간이 다가오고 있었다. 금방 다녀올게요. 어머니는 가방을 짊어지는 나를 보며 입술을 삐죽 내밀었다. 나는 못 본 척 발걸음을 돌렸고, 사흘 후 다시 어머니를 만났다. 어머니는 단단히 삐진 듯했다. 아무런 말 없이 눈을 깜빡이며 내 얼굴을 보았다. 그사이 어머니는 또 수많은 단어를 잃은 것 같았다.

그동안 어머니와 수없이 나눴던 작별 인사가 그날을 위한 예행연습이었는지도 모르겠다. 하늘이 유난히 쾌청했던 어느 날 오후, 나는 어머니의 통통 부은 손과 얼굴을 닦아드린 후 여느 때와 마찬가지로 다녀오겠습니다, 하고 인사했다. 두 시간쯤 지나 다시 어머니를 만났다. 어머니는 눈을 감고 있었다. 어머니 안에 남아 있던 모든 언어가 쑥 빠져나간 느낌이었다. 어머니는 나와 함께 우리 행성의 공기를 마흔여섯 해 동안 나눠 마시고 결국, 하늘나라로 떠났다.

결국 혼자 가는 거야.

하루에도 몇 번씩 어머니의 목소리가 귓가에 맴돈다. 나잇값 하느라 무던한 척 애쓰고 있지만 가슴 속에서 축축한 것이 시도 때도 없이 솟구친다. 어머니는 내 손을 놓던 날 내가 더욱더 성장하길 바랐던 걸까. 잘 모르겠다. 어리석게도 나는 여전히 물활론적 세계를 벗어나지 못하고 있다. 풀과 나무와 바위에 영혼이 깃들어 있다고 생각하며, 서울 지하에는 생쥐들의 왕국이 있을 거라 더러 상상하기도 한다. 그리고 이젠, 어머니가 하늘나라에서 평온하게 계실 거라고 철석같이 믿고 있다.

살아오며 내게 가장 많은 이야기를 들려준 사람은 단언컨대 어머니다. 어머니는 내가 기억하는 이야기와 내가 잊고 있었던 이야기와 내가 아는 이야기와 내가 모르는 이야기를 틈날 때마다 들려주었다. 줄곧 그래 왔고 앞으로도 그럴 거라 생각했다. 내가 태어나서 처음 들은 이야기는 무엇이었을까, 문득 그런 게 궁금할 때가 있다. 어쩌면 어머니는 그때를 기억하고 있을지도 모른다. 그렇지만 이제 알 길이 없다. 지금 나는 어머니와 작별한 이후의 시간을 살고 있다.

어머니의 집을 정리하러 갈 때마다 어디서부터 손을 대어야 할지 몰라 한참을 주저앉아 있곤 한다. 냉장고에 한가득 들어 있는 반찬들과 지난해 초겨울에 담가놓은 김장김치와 항아리에 한가득 든 된장을 보면 눈앞이 캄캄해진다. 어머니가 즐겨 입던 옷과 애지중지하던 자전거와 찬장에 차곡차곡 정돈된 식기류 같은 걸 내 마음대로 버리고 나면 어머니와 영영 이별하게 될 것만 같아 까닭 모를 두려움이 솟구친다. 한편 지난해 동전을 모아 장만한 드럼세탁기를 비롯해 김치냉장고와 텔레비전 같은 가전제품은 어쩐지 어머니에게 허락을 받고 처리해야 할 것만 같다. 한 사람이 살다 간 흔적이 비단 그뿐일까.

음식을 만들다가 조금만 궁금한 게 있으면 어머니를 찾곤 했다. 찌개를 끓일 때도, 나물을 무칠 때도, 전을 부칠 때도 걸핏하면 어머니에게 전화를 걸었다.

"그다음 어떻게 해야 하나요?"

……

하루빨리 저 세계에도 기지국이 건설되어 전화통화라도 할 수 있다면.

지난 일들을 서술하다보니 어쩐지 두서없는 이야기를 늘어놓은 것 같아 찜찜하기 이를 데 없다. 이쯤

이면 꼭 나타나는 녀석이 있다. 녀석은 에세이의 사전적 정의를 어느 정도 실현한 것 같으니 이제 그만 마침표를 찍으라고 재촉한다. 녀석은 다름 아닌 나와 한날한시에 태어난 내 안의 또 다른 나다. 한두 번 속았던가. 녀석과 손을 잡는 순간 내 발로 망조의 지름길로 들어서는 거나 다름없다. 아무래도 다시 써야 할 것 같다. 아니면 다른 이야기를 하는 게 낫겠어. 매번 이런 식이다. 그렇게, 다시 이야기를 시작하다보니 조금 더 할 이야기가 남아 있다.

수없이 학습하고 경험했음에도 불구하고 만나는 것보다 헤어지는 게 언제나 더 힘들다. 이야기도 마찬가지다. 어떠한 이야기든 결국 마침표를 찍어야 하는 순간이 온다. 언제까지 붙잡고 있을 수 없다. 결국 떠나보내야만 한다. 내 손을 떠나지 않으면 그건 아무것도 될 수 없다. 내가 어머니의 양분을 먹고 자란 독립된 개체인 것처럼 내가 쓴 이야기도 그러하다고 생각한다. 내 손을 떠나게 된 이야기는 결코 내 품으로 돌아올 수 없다. 그래서 내가 쓴 이야기가 나로 인해 기억되기보다는 그 이야기가 나를 아주 조금이나마 기억해주길 희망한다.

우리가 사는 세계는 이야기로 이루어져 있고, 어쩌면 나라는 존재는 이야기의 숙주에 지나지 않는 것 같다. 소설은 애석하게도 사후의 이야기다. 그런 까닭에 소설가는 어떠한 현장에 있길 갈망하는 순간조차 기억과 상상을 채집하며 책상 앞을 꿋꿋이 지켜야 한다. 그리고, '그다음'을 가만히 응시할 때 지난날 누군가와 함께했던 시간의 의미를 비로소 실감한다. 그러니까 이 글은 어머니와 작별 인사를 하던 그날 오후의 여러 단상 중 일부다.

또 하나의 단상.

어머니는 내가 드린 첫 소설집을 지갑으로 활용했다. 책장 사이사이에 꽂혀 있는 지폐를 보며 그런 용도로도 쓰일 수 있다는 사실에 내심 흐뭇했다. 언제 어디서든 내 편이었던 어머니도 그러한데 낯모를 독자의 손에선 어떨까. 부디 내 소설이 언제나 무용하길 바랄 뿐이다. 사라져가는 어머니의 언어를 붙잡으려고 안간힘을 쓰던 날들이 곧잘 생각난다. 그때 나는 최선을 다했나, 자책과 함께 어떠한 선택을 했어도 후회는 남았을 거란 생각에 한숨을 내뱉곤 한다. 하늘이 유난히 쾌청했던 어느 날 오후 여느 때와 달리 어머니와 조금 다른 작별 인사를 했다. 다시 보니 그 인사 어딘가에 오자가 있는 것 같기도 하지만 그대로 옮겨 적는다.

열심히 살게요.

703

○

방과 소설가

∿

정용준

2009년 『현대문학』을 통해 작품 활동을 시작했다.
소설집 『가나』, 『우리는 혈육이 아니냐』, 『선릉 산책』,
중편소설 『유령』, 『세계의 호수』, 장편소설 『바벨』,
『프롬 토니오』, 『내가 말하고 있잖아』 등이 있다.
〈젊은작가상〉, 〈황순원문학상〉, 〈문지문학상〉,
〈한무숙문학상〉, 〈소나기마을문학상〉 등을 수상했다.

◎

방을 버렸다. 책상과 책장과 책들이 있는 곳. 노트와 낙서와 펜과 연필이 있는 곳. 내 것과 내 맘이 가득 찬 그곳에서 빠져나왔다. 써야만 하는 곳. 쓰지 않고서는 거할 수 없는 곳. 일하지 않으면 금방 낡고 늙어버리는 이야기 작업장. 거기서 앉고 자고 생각했다. 그러나 쓸 수는 없었다. 이상하다. 다 되는데 쓸 수만 없다니. 다 되지 않아도 쓰기는 가능해야 하는 거 아닐까? 책상에 엎드려 있으면 오래된 나무가 된다. 침대에 누워 있으면 모래에 숨은 평평한 물고기가 된다. 창문을 열어 하늘을 올려보고 근사한 음악을 재생하고 쿨하고 칠한 사운드 속에 멍하게 있으면 뭐든 될 것 같다. 아니었다. 애써 구덩이를 만들어 개미의 실족을 기다리는 개미지옥의 마음을 생각해봤다. 어느 누가 그의 마음을 궁금해할까. 한심하다. 한심해. 개미지옥이 사냥에 성공하는 건 보름에 한두 번이라는 사실을 알고 고개를 떨구었다. 뭐 이렇게 힘드나. 방을 버렸다. 아니, 방이 나를 버렸다.

　　누구의 것도 아니지만 아무나 머무를 수 있는 방. 문을 열고 안으로 들어갔다. 작고 고요한 방. 어둡고 시원한 방. 바다 위에 뜬 목선처럼 잔잔하게 뜬 하얀 침대. 빛과 어둠을 가리는 무겁고 고상한 커튼. 책장이 없고, 책상이 없고, 책이 없고, 그 어떤 쓰기의 도구가 없는 방이 '웰컴' 무심히 나를 환영한다. '소설가의 방'은 소설가의 방처럼 보이지 않았다. 그 방에 있는 나조차 소설가가 아닌 것 같다. 방과 나. 우리는 어울리지 않았다. 이 어색함이 사라지기는 할까. 두 개의 싱글 침대. 한 쪽엔 내가, 다른 한 쪽엔 노트북이 놓여있다. 둘은 나란히 누워 천장을 봤다. 얼룩 하나 없이 깨끗했다. 고개를 돌려 옆을 봤다. 침대 위 노트북은 꼭 사람같다. 병든 나를 지켜보는 간병인처럼, 죽은 나를 기억하고 무덤을 찾아온 친구처럼 보인다. 별 생각을 다하네. 눈을 감았다. 이상하게 졸렸고 기적처럼 잠이 들었다. 힘센 삼촌

이 어린 조카를 들어 수영장에 집어 던지듯 풍덩, 하는 소리와 함께 온 몸이 잠에 빠져들었고 곧장 꿈의 세계로 진입했다. 잠들기 직전 의아하다, 생각했다. 불면의 날과 달이었잖아. 밤이면 밤이어서 못 자고 아침엔 아침이어서 못 잤잖아. 뭐 이리 쉽지?

그 밤. 꿈을 꾸었다. 눈을 뜨고 그 꿈이 유실됐다는 것을 알았다. 그 아침 다시 꿈을 꾸었다. 끝내주는 꿈이었다. 잊지 않기 위해 손에 움켜쥔 꿈 속의 사물. 눈을 뜨고 빈 손을 본다. 분명하고 명확했는데 잊어버렸다. 원통하다. 있었는데 사라지다니. 지긋지긋한 상실. 절로 한숨이 났다. 그러나 포기하지 못하겠다. 다 잊고 잃어버렸는데 뭔가 남아있다는 것이 말이 되나? 그 세계의 시간과 공간, 사물과 인물, 이미지와 텍스트, 말과 노래, 다 녹아 냄새가 되었다. 사운드가 되었다. 빛과 그 빛을 삼키는 어둠이 되었다. 모든 색을 집어삼킨 까맣고 차가운 허공과 공허 앞에 나는 섰다. 그 애매모호함을 써보고 싶어 애가 탔다. 노트북을 열고 한 문장 썼다.
꿈을 기록하고 싶다.
깜박이는 커서를 한동안 지켜본다. 맥박보다 조금 느린 속도로 뛰는 투명한 심장.
억지로 지어내서라도 그 꿈을 간직하고 싶다. 내가 꿨으니 내 것이어야지.

여기까지 쓰고 소설이란 무엇인가, 생각한다. 소설가면서 아직도 소설의 정의를 고민하고 있다니. 한심하다. 하지만 평온하다. 깨지 않고 뒤척이지 않고 일곱 시간을 누워 있었다. 죽은 것과 마찬가지로. 어쩌면 잠깐 죽었을 수도 있다. 그 깜깜한 혼몽의 공백 속으로 불안과 초조가 빨려 들어갔다. 약간의 권태만 남은 세상 심심하고 할 일 없는 나. 마음에 든다.

꿈꾸고 잔상을 기록하고 기록 속에서 잊은 것을 찾고 잃은 것을 줍는 날들. 나는 소설의 문장은 한 줄도 쓰지 못한 투명한 소설가가 되어 '소설가의 방'에 조용히 거주하고 있었다. 방은 말이 없다. 나를 포기하고 다른 소설가를 기다리는 것 같은 슬픈 기분. 나는 유령처럼 희미하고 종이처럼 가볍게 침대에 누워 중얼거렸다. 써야만 한다. 써야만 한다고.

솔직히 짜증난다. 방 타령하는 작가들. 작업실이니 집필실이니 거창한 표현을 쓰는 위대한 작가님들. 뭐 대단한 걸 쓰겠다고 까탈스럽게 이 핑계 저 핑계 대는 글쟁이들. 최적의 방이 생기면 쓸 수 있을 거라고 자신과 타인을 속이며 쓰지 못하는 자기합리화에 빠져 실패를 자랑스럽게 전시하는 모습. 꼴사납다. 소음이 있네 없네. 필기구가 어쩌고 저쩌고. 음악이 있어야 쓸 수 있다. 음악이 없어야 쓸 수 있다. 소음은 소음이지 백색 소음은 또 뭐야. 집에서 안 되니 사람이 우글거리는 곳을 향하고 사람이 있는 곳은 너무 불편하구나, 다시 집으로 돌아오는 모습. 재능 없는 영업사원 같다. 온종일 사람들 속에서 웃고 인사했지만 아무 소득 없이 집으로 돌아오는 뒷모습. 나는 카페. 나는 도서관. 나는 마호가니 책상이 아니면 안 써집니다. 소설에게 입이 있다면 이렇게 말할 것 같다.

'오케이. 알았으니까 그냥 좀 써주면 안 될까?'

그런 작가를 속으로 은근히 비웃었으면서 정작 나 자신이 그런 꼴을 하고 있다는 것이 민망하다. 안 써지면서 또 안 써진다는 이런 글은 잘만 써지는 것도 부끄럽다. 그런 이상한 소설가를 물끄러미 바라보면서도 그래도 품어주는 '소설가의 방'에게 미안했다. 정말로 가끔 허공에 대고 말한 적도 있다.

"미안합니다. 좀 봐주세요. 언제까지 이러지는 않을 겁니다."

노크 소리. 똑똑.

응? 'Please. Do Not Disturb' 표시를 확인하지 못한 걸까? 문 앞에 서서 작게 속삭인다.

"청소는 괜찮습니다."

"청소해야 합니다."

객실관리사가 정중하게 부탁한다. 사흘에 한 번은 방을 청소해야 한다고. 나는 공손하게 말했다.

"정말 깨끗하게 사용했어요. 청소하지 않으셔도 괜찮습니다."

"아뇨. 작가님을 위해서가 아니라 이 방을 위해 청소해야 합니다."

"아! 그렇군요."

몹시 부끄러운 마음으로 문을 열고 방 밖으로 나갔다. 왜 나는 방을 생각하지 않은걸까. 생각지도 못했네. 방 안의 사람이 아닌 방 자체를 위해 청소를 해야 한다니. 알고 났더니 너무도 당연하고 당연한 것임을. 방에게 죄송했다. 몰랐다. 방도 혼자만의 시간이 필요하는 것을.

로비 소파에 앉아 창으로 들어온 아침 햇살을 구경한다. 창처럼 길고 날카로운 빛. 그 끝에 발끝을 대고 공중부양하는 광대처럼 서서히 떠오르는 꼬마를 봤다. 눈을 감고 진지한 표정으로 두 팔을 새처럼 펄럭이는 것까지 너무도 근사하여 박수를 칠 뻔 했다. 누구에게도 들키고 싶어하지 않는 눈치여서 모른 척 해줬다. 커다란 캐리어를 손에 쥔 한 무리의 외국인들이 로비 중앙에 모여 수다를 떨었다. 알아들을 수 없었지만 그 특유의 발성과 독특한 뉘앙스를 듣고 있으니 '세상의 모든 음악'을 듣던 어느 새벽이 떠올랐다. 외국인들의 뒤를 따라 호텔을 떠났다. 마음 같아선 관광버스에 올라타고 싶었는데 그럴 수는 없으니 보이는 길을 따라 아무렇게나 걷고 또 걸었다.

아침의 남대문 시장. 오후의 남산타워. 종로의 밤. 산책자라는 직업이 있을까? 산책가라는 예술가는? 있으면 좋겠다. 될 수 있을 것 같아서 그렇다. 나는 꾸준하고 진지하게 걷고 또 걸었다. 여름이었다. 강렬했고 덥고 습했고 지면과 허공이 이글이글 타올랐다. 눈보라보다 무서운 8월의 빛과 열. 걷는 내내 괴롭고 힘겹고 가끔 서글펐다. 그런데 겪고 싶었다. 신의 뜻대로 사는 것이 어려운 이가, 거룩한 소망을 품지 못하고 세속적인 욕망으로 허덕이는 이가, 자기를 이겨내는 것에 지쳐 차라리 고행을 택하는 것처럼. 탈진할 것 같은 더위가 차라리 좋다. 그 편이 더 편하다. 나 자신을 이기는 것. 써야할 것을 기어이 써내는 불굴의 의지. 잡생각을 버리고 의자에 앉자마자 책을 펴고 노트북을 펴고 읽고 쓰기에 전념하는 그야말로 진짜 작가. 나는 모르겠다. 차라리 고통의 산책자. 고행의 산책가가 되고 싶다.

하지만 쓰러지기 전에 반드시 '소설가의 방'에 돌아오는 비겁한 소설가가 바로 나다. 한 것도 없는데, 너무도 깨끗해진 방을 보면 괜히 미안하다. 민망한 마음에 문 앞에 서서 한참 내부를 바라만 봤다. 샤워를 하고 속옷 차림으로 침대에 누워 산책하며 생각한 것을 생각했다. 운이 좋으면 오늘 쓸 수 있을지도 몰라. 떠다니는 상념 몇 개를 붙잡아 소설의 토대를 마련하게 될 지도. 이런 생각. 이런 다짐. 이런 결심. 고개를 돌려 옆침대에 단정히 잠들어 있는 노트북을 본다. 이 침대에서 일어나 저 침대로 건너가자. 그럴 필요 있나. 그냥 손을 쭉 뻗어 노트북을 가져오면 될 문제. 벽에 등을 기대고 두터운 베개를 무릎에 두고 그 위에 노트북을 올린 뒤 스르륵 오픈하면 시작되는 작업장. 왜 시작을 못하는지. 뭐가 두려운지. 말년의 헤밍웨이는 어떤 방법으로든 자기를 글 쓰게 만들어주는 사람에게 200달러를 줬다고 한다. 쓰기가 이렇게 어렵다. 시작하는 것은 더더욱 어렵다. 하지만 나는 헤밍웨이가 아니잖아. 말년도 아니잖아. 누가 나를 돕나? 나만이 나를 도울 수 있다. 내가 나를 돕게 좀 내버려둬.

'소설가의 방'에서 머무는 6주 동안 사흘간 방에 머물며 글을 썼고 청소하는 날은 온종일 걸었다. 이런 패턴으로 공허한 마음은 채워지고 어지럽게 꼬인 생각의 끈을 몇 가닥 길게 뽑아낼 수 있었다. 느낌과 감각의 차원에서만 휘돌던 감정과 마음을 언어로 바꾸었다. 의도에 꼭 맞게 변환되지 않았지만 내 의도와 달라진 그 표현이 훨씬 좋기도 했다. 애타게 기억해내고 싶었던 꿈은 여전히 기억나지 않았다. 하지만 썼다. 처음부터 끝까지 완전히 거짓인 일기. 누군지도 모르는 당신을 그리워하는 편지. 그러나 나는 믿었다. 이 글에 실린 모든 것은 다 진짜라고. 내게 진심이라는 것이 있다면 바로 여기에 있다고. 사실을 말할 때보다 거짓을 말할 때 더 많이 진실해지는 나는 거짓말쟁이일까?

쓰기 시작했다. 쓰기가 나를 시작했을 수도 있다. 언젠가 소설이 될지 모르는 이야기 몇 개를 만들어냈다. 꼴을 갖춘 이야기는 없지만 씨앗처럼 흩뿌려진 낱 서로 백지를 가득 채웠다. 침대에 누워서 썼고 엎드려서 썼고 방 안을 어슬렁거리다가 한 단어 두 단어 톡톡 타이핑했다. '소설가의 방'은 자기 안에 머물고 있는 소설가를 물끄러미 바라본다. 그가 나를 달가워하는 것 같진 않다. 하지만 거부하는 것 같지도 않다. 할 테면 해봐. 쓸 수 있으면 써봐. 무심하게 나를 받아주는 그 느낌에 어떤 밤에는 충만함을 느꼈고 터무니없이 행복하기까지 했다. 맥주 한 캔 따서 혼자 자축하고 누군가와 몹시 대화를 나누고 싶어하다가 맥없이 잠들기도 했다. 할 말이 있는 사람에게 정작 말은 없다. 말하고 싶은 충동만 있을 뿐. 새로운 이야기가 있는 자가 이야기꾼이 되는 걸까. 말하고 싶어 죽겠는 사람이 이야기꾼이 되는 걸까. 처음엔 아이디어가 많고 이야기 보따리가 많은 자가 훌륭한 이야기꾼이라 생각했다. 지금은 안다. 그보다 중요한 것은 이야기하고 싶은 욕망이 큰 사람이 이야기꾼이 되는 거라고. 할 말은 없어도 말하고 싶을 때가 있고 해야할 말은 있는데 말하고 싶지 않을 때가 있다. 할 말도 있고 말하고 싶은 마음도 가득한데 들어줄 사람이 없는 경우도 있고 들어줄 사람은 있는데 말도 마음도 없을 때가 있다. 아무튼 강조하고 싶은 것은 쓸 것이 없어도 쓰고 싶은 마음만 있으면 그 마음이 알아서 쓸 것을 만들어준다는 것. 증명할 수 없어도 왜 그게 가능한지 나도 모르겠지만 쓰고 싶은 사람은 쓰고 싶은 마음을 지키기만 해도 희망이 있다는 것. 스스로 소설가가 아니라고 생각한 사람이 '소설가의 방'에 들어갈 용기를 냈듯. '소설가의 방'에 들어왔으면서도 일관되게 소설을 쓰지 않는 것을 유지했듯. 그러나 다 포기해도 쓰고 싶다는 그 마음 하나는 소진시키지 않았으므로 어떻게든 그 방에서 무엇이든 쓰게 되었다는 해피엔딩. 이 글은 소설이 아니므로 거짓이 아닌 사실임을 굳이 밝히고 싶다. 쓸 것이 없어도, 쓰지 못해도, 쓰려고 애쓰고 끙끙거리면 쓰기가 나를 '쓰는 자'로 만들어준다는 동화 같은 이야기를.

물론 한 편의 소설도 제대로 완성하지 못했다. 쓰기보다는 읽기를, 읽기보다는 걷기를, 걷기보다는 자기를 더 많이 한 날들이었다. 하지만 '소설가의 방'에서 나는 소설가로 다시 재건되는 경험을 했다. 잃어버린 조각 몇 개를 찾았고 내게 없는 단어 몇 개와 나와 무관한 세계에서 날아든 문장 몇 개를 얻게 되었다. 그것은 나중에 단편으로 완성되었고 장편의 한 장면에 녹아들었다. 가끔 종로를 걷고 남산타워 근처를 배회할 일이 있으면 그 호텔에 있는 '소설가의 방'을 생각하곤 한다. 그 방에 머물고 있을 소설가. 그가 누워 있을 침대. 그런 것들을 생각하면 괜히 질투가 나고 심술이 난다. '소설가의 방'은 나를 기억하고 있을까. 사실 몰라도 된다. 내가 기억하니까. 하지만 '소설가의 방'이 한 번쯤은 진짜 근사한 소설가를 맞이하여 행복해졌으면 좋겠다. 아무도 없다면 내가 한번 더 도전해도 될까? 대답은 꿈에서 듣겠다.

704

◎

방랑자들

～

최정나

2016년 『문화일보』 신춘문예를 통해 작품 활동을 시작했다.
소설집 『말 좀 끊지 말아줄래?』, 장편소설 『월 wall』이 있다.
〈젊은작가상〉을 수상했다.

◎

　우리는 얼마 뒤 우리 앞에 닥쳐올 이별에 대해 알지
못한다. 언젠가는 그 일이 다가올 거라고 막연하게 짐
작하지만 바로 일주일 뒤나 한 달 뒤의 일이 될 거라고
는 생각하지 않는다. 그것은 여행 계획이나 이사 계획,
연간 계획과는 다르다.

　올해 내게는 세 번의 이별이 있었다. 엄마가 돌아
가셨고, 오래도록 함께한 사람과 인연을 끊었고, 친구
가 세상을 떠났다. 그러고도 또 다른 이별이 내 앞에 도
사리고 있다는 걸 직감할 수 있었다. 불운은 한꺼번에
겹친다고 했던가, 순차적으로 몰아닥친 이별 앞에서

나는 고난의 퀘스트를 수행하는 기분마저 들었는데 운명의 풍랑에 휩쓸려 어딘지 알 수 없는 곳으로 떠밀려가는 느낌이었다.

엄마는 몇 달 전 집에서 넘어져 엉덩관절 골절 수술을 받았다. 나는 면회 시간에 맞춰 엄마를 보러 다녔다. 의사는 곧 퇴원할 수 있을 거라고 말했다.

어느 날 늦은 오후, 내가 병실에 들어섰을 때 유리창으로 희부연 빛이 들어오고 있었다. 다인실 침대에 누워 있던 엄마가 나를 보고 몸을 일으켰다.

"지금이 낮인가, 밤인가?" 엄마가 중얼거리듯 물었다.

"아직은 낮이지." 내가 말했다.

"이렇게 어두운데?" 엄마가 느릿한 동작으로 병실을 훑어봤다.

"날이 흐려서 그런가?" 나도 엄마의 시선을 쫓았다.

유리창 쪽 환자와 그의 가족이 퇴원 준비를 하느라 부지런히 움직이고 있었다. 나는 그 모습이 부러워 한동안 지켜보고 있었는데 엄마는 유리창을 보고 있다가 내게 물었다.

"비가 오나?"

"비는 안 오는데 날이 흐려. 곧 일몰이고." 내가 답했다.

"그래? 아직 밝아?" 엄마는 믿을 수 없다는 듯 유리창에 비쳐 든 희미한 햇빛을 봤다.

내가 고개를 끄덕이자 계속 이해되지 않는다는 표정을 짓고 있던 엄마가 갑자기 부끄럼 타는 어린애처럼 수줍게 웃었다.

"해가 떠 있으면 기분이 좀 그래." 엄마가 말했다.

"기분이 어떤데?"

내 질문에 엄마는 단어를 고르는 듯했다. 그리고 한참 뜸 들이다가 답했다.

"어지러워."

나는 그 말에 놀라 엄마의 발그레한 뺨을 봤다. 말의 의미를 정확히 알 수는 없었지만 아마도 세상에 던져진 자기 존재를 그렇게 느끼는 듯했다. 그러니까 세계 내 존재를, 존재 밖 세계를, 어지럽게.

나는 이런 생각을 하는 사람이 내 엄마라는 사실이 뿌듯해 이야기를 좀 더 들으려고 대화를 이어나갔다.

"밝으면 어지러워?"

"응. 밝으면 어지러워."

"왜?"

"너무 많은 게 보이잖아. 너랑 명동 거리를 걸을 때도 그랬어."

엄마의 말은 나를 명동의 한 뒷골목으로 데려다 놓았다. 당시 나는 작가 레지던스 프로그램 중 하나인 〈호텔 프린스〉에 입주해 있었다. 엄마가 나를 보러 왔고, 함께 명동 거리를 걸었다. 수많은 사람이 오가는 탓에 길은 복잡했다. 우리는 뜨거운 햇살과 사람들을 피해 카페로 들어가 창가에 나란히 앉았다. 그러고는 골목 풍경을 구경했다.

"그때도 밝았지."

"그래서…… 멀미가 나."

"멀미가?"

"낮이…… 너무 길잖아." 엄마가 아기처럼 천천히 말하고는 발가락을 꼼지락거렸다.

"낮이 길어서 멀미가 나?"

"잠들 수도 없으니까."

"이제 곧 해가 질 거야. 저녁밥이 들어올 테고."

내 말에 엄마는 순응하는 듯한 얼굴로 미소 지었다.

그게 엄마와의 마지막 대화였다. 엄마는 상태가 급격히 나빠져 두 달 뒤 돌아가셨다. 나는 이곳을 떠난 엄마가 다른 곳에 잘 도착하길 바라며, 연분홍빛이 고운 삼베 수의를 입혀 드렸다. 몇 장의 지폐와 사랑의 편지도 고이 접어 품에 넣었다. 그리고 어둠 속을 홀로 걷는 엄마를 그리며 이곳에서 말을 걸고는 했다.

너무 많은 관계는 일상을 침범하고, 너무 적은 관계는 마음을 외롭게 한다. 나는 적은 관계 쪽이다. 내게는 친구가 셋 있는데 하나는 채식주의자이고, 하나는 은둔자이다. 그리고 남은 하나는 방랑자로 살았고, 앞으로도 그렇게 살고자 한 칠십 대 노인이다. 얼마 전에 그중 하나가 죽었다. 나는 그가 앞으로도 계속 방랑자로 살 거라고 믿었다. 언젠가는 그와 이별할 테지만 당장은 아니라고 생각했다. 그러니까 그와의 이별은 그저 먼 미래에 일어날 막연한 일이었다. 그러나 몇 주 전 그의 환한 얼굴 대신 부고장이 날아들었다. 실소가 나왔다. 그런 다음에는 아무것도 할 수 없었다.

나는 그를 증평의 한 작가 레지던스 프로그램에서 만났다. 그는 작가로 잘나가던 시절에 홀연히 사라져 각국을 떠돌며 수행자로 지냈고, 국내에 들어와서도 마찬가지로 살았다. 그래서인지 작가들 사이에서는 그에 대한 갖가지 소문이 돌았다.

"방 안에서 공중 부양을 하신다던데요?"

내가 물으면 그는 뒤통수를 긁적거리며 엉뚱한 소리를 했다.

"난 시장통에서 노숙자로 지내는 게 꿈이에요."

"먹을 게 많아서요?" 나는 노숙이라는 말에 놀라 너스레를 떨었다.

"맞아요." 그는 진지했다.

"공짜로 나눠 줄까요?"

"어머니가 시장에서 행상을 했거든요. 제가 매일 따라다녔어요. 용돈 받으려고."

"받았어요?"

방랑자들

"나물 팔아 번 돈을 내게 줬지요."

"그야 어머니니까 그렇죠."

"방법이 다 있어요."

"어떤 방법이요?"

"내가 그림을 잘 그려요. 그러니까 시장에서 그림을 그려주고 사람들이 주는 대로 받아 그걸로 끼니를 때우면 돼요. 아주 쉬워요."

"꼭 시장이어야 할까요?"

그는 다시 뒤통수를 긁적이며 고개를 끄덕였다.

나는 그의 어머니가 비극적인 선택으로 생을 마감했다는 사실을 알고 있었다. 그리고 그가 매일 숙소 근처 시장을 산책하듯 다녀온다는 것도.

우리는 자주 시장에 나가 모둠전에 막걸리를 마셨다. 좁은 논길을 걸어 되돌아오면서는 별을 헤아렸다. 양옆으로 파밭이 넓게 펼쳐져 있었고, 바람이 불면 길게 자란 파가 이리저리 휘어졌다. 그 위에 달빛이 고요히 내려앉았다. 우리는 취기에 노래를 불렀고, 건들건들 몸을 움직였다. 바람에 물결치는 파밭처럼 우리도 출렁거리듯 걸어 숙소로 돌아오고는 했다. 그리고 시간이 지나 각각 그곳을 떠났다.

몇 해 뒤 나는 한여름의 불볕더위를 피해 〈호텔 프린스〉에 있는 '소설가의 방'에 입주해 있었다. 새벽이면 옆방 투숙객들이 복도를 빠져나가는 소리가 들려왔다. 그러면 나는 창밖을 내다봤다. 새벽의 명동은 낮과 달리 황량했다. 사람도 차량도 오가지 않는 휑한 거리에 조금 전 체크아웃하고 길을 나선 외국인들이 모습을 드러냈다. 그들은 각자 캐리어를 끌고 횡단보도로 향해 걸었다. 건너편 도로에 때맞춰 공항버스가 도착했고, 어디선가 모여든 여행자들이 하나둘 탑승하면 차가 출발했다. 그때부터 명동이 깨어났다. 어느새 도로가 막히고, 행인들이 쏟아져나왔다. 동시에 황량한 풍경은 지워지고 요란해졌다. 나는 아늑한 호텔 방에서 시간마다 바뀌는 거리의 풍경을 오래도록 바라보고는 했다. 그러고 있으면 새로운 투숙객이 옆방으로 들어가는 소리가 들려왔다.

방은 늘 새로운 사람을 맞이한다. 그리고 그 방에 든 사람들이 마음껏 지낼 수 있도록 가만히 내버려둔다. 내가 나가면 이 방의 주인은 다른 사람이 되겠지. 내게 안락함을 주던 방은 다른 사람에게 그런 공간이 될 거였다. 당연히 내가 빠져나오면 내 방은 더는 내 방이 아니게 된다. 추억만 남겠지. 내가 방을 기억하듯 방도 나를 기억할까? 나는 방 안에서 들고나는 사람들의 소리를 들으며 생각하고는 했다.

점심을 먹은 후에는 거리를 걸었다. 엄마와 함께 갔던 골목 카페에 홀로 앉아 오가는 사람들을 보고 있으면 시간이 어떻게 흘러가는지 모르게 날이 저물었다. 나는 캐리어를 끈 여행객과 쇼핑객, 행인들이 뒤섞여 유목민처럼 흐르는 골목을 하염없이 바라봤다. 높이 솟은 건물 사이로 낙하하는 빗방울을, 하늘을 가로지르는 새들을 봤다. 시간마다 달라지는 골목의 풍경들을 보고 있으면 한 공간에 몇 겹의 공간이 겹치는 것 같아 어지러울 때가 많았다. 그러면 방으로 들어왔다. 그러다가 너무 고요하면 다시 골목으로 나갔다.

어느 날 호텔 앞으로 그가 왔다. 우리는 횡단보도를 건너 명동의 뒷골목으로 들어섰다. 그리고 비교적 한산한 식당을 골라 자리를 잡았다.

"뭘 먹을까요?" 내가 물었다.

"아무거나 시켜요." 그가 답했다.

"모둠전으로 주세요." 내가 주문했다.

"막걸리 먼저 주세요." 그가 덧붙였다.

우리는 대낮부터 술을 마실 생각에 잔뜩 신나 마주 보고 킥킥 웃었다. 그때 주방 쪽에서 성난 소리가 들려왔다.

"안 팔아요!"

여자는 경멸에 찬 눈으로 우리를 노려보고 있었다. 영문을 몰라 멍하니 보는 내게 여자가 또 한 번 소리쳤다.

"그쪽들한테 줄 음식은 없으니 여기서 나가요!"

"그게 무슨 말이에요?"

나는 주위에 앉아 있는 손님들과 그 앞에 놓인 음식을 보며 물었다. 반주를 곁들여 식사하던 손님 몇이 내가 있는 쪽을 힐끔거렸다. 여자는 대답은 하지 않고 나가라는 말만 반복했다. 나는 어이가 없어서 자리에서 움직이지 않았는데 그가 일어났다. 하는 수 없이 나는 그를 따라 식당 밖으로 나왔다.

"아유, 망측해라!" 식당 입구까지 나온 여자가 들으라는 듯 외쳤다.

여자는 그와 나의 관계를 제멋대로 오해하고 있었다. 그와 나는 말없이 길을 걸었다. 나는 화가 좀 나 있었는데 곧이어 슬퍼졌다. 우리 모두 오해와 착각 속에 살아가는 것 같았다. 모두 제 식대로 보고 판단했다. 그런 생각을 하자 누군가와 나눌 수 없는 작은 고독이 밀려왔다.

우리는 편의점에서 맥주를 사서 역사 가까운 벤치에 자리를 잡고 앉았다. 전철역이 가까운 데로 가야 한다는 건 그의 주장이었다. 나는 왜 그러느냐고 물었다.

"그래도 화장실은 편하게 다녀야지요." 그가 말했다.

나는 무릎을 탁, 치는 흉내를 내고는 괜히 크게 웃었다.

"그것이 노숙 생활의 지혜예요." 그가 웃었다.

둥그렇게 조성된 쉼터 벤치에 노숙자 몇이 이미 자리를 잡고 앉아 술을 마시고 있었다. 우리도 옆 벤치로가 과자를 사이에 놓고 나란히 앉았다. 그리고 술을 마시며 그간의 일상을 나눴다. 얼마나 지났을까, 느닷없이 그가 말했다.

"아, 정말 행복하다."

"행복해요?"

"지금 죽어도 여한이 없을 만큼이요."

"뭐가 그렇게 행복한데요?"

"이런 대낮에 좋아하는 친구와 술잔을 기울이고 있으니 행복하지 않을 이유가 없지요."

식당에서 모욕만 실컷 받고 쫓겨나서는 무엇이 행복하다는 걸까 궁금해 물었는데 다시 생각해 보니 그 뜻을 알 것도 같았다. 그러니까 나는 그 말의 의미를 당장 죽고 싶다는 뜻으로 받아들였다. 그가 하루하루 살아 있는 슬픔을 견뎌내고 있다는 사실을 나는 알고 있었다.

언젠가 그와 함께 술을 마시다가 테이블 위의 빈 술병을 본 내가 물었다. 술을 이렇게나 많이 마셔본 적이 있어요? 내 질문에 그는 밝게 웃으며 고개를 끄덕거렸다. 언젠데요? 내가 다시 물었다. 딸아이 죽었을 때요. 그가 답했고, 나는 입을 다물었다.

십여 년 전 그는 딸의 분골 항아리를 품에 안은 채 몇 달을 다녔다. 딸이 좋아하던 곳, 자신이 좋아하는 곳, 그의 어머니를 뿌린 곳으로 차를 몰고 가 딸의 분골을 조금씩 나눠 뿌렸다고 했다. 그런 식으로 수십 군데의 각기 다른 곳에서 제 아이의 뼛가루를 바람에 흘려 보냈다. 나는 딸의 뼛가루를 뿌렸던 곳곳에 그와 함께 간 적이 있었다. 그러다 보니 예기치 않게 남도를 유랑하게 되었는데 갈대밭과 다리 위, 바닷가와 논밭 등에 홀로 서 있는 그의 뒷모습을 바라보면 오래전 절망에 빠진 한 남자가 보이는 듯했고, 수십 군데에 나뉘어 있던 슬픔이 한 사람에게로 모여드는 듯했다. 그가 내게 다가와 아이의 생전 모습을 보여줬다. 사진 속에서 서른 살 딸아이는 아름다운 미소를 띤 채 이쪽을 보고 있었다. 금방이라도 손에 잡힐 듯했는데 다시 보니 먼 데 있는 존재 같았다.

우리는 모두 슬픔을 안고 살아간다. 함께 시간을 보낼 수는 있으나 깊은 고독까지 나눌 수는 없다. 그렇게 잠시 같이 머물다가 각자 어디론가 떠나는 것이다. 슬픔을 수긍하는 것도 행복일까. 그를 보면서 나는 늘 이런 생각을 했다.

"그러게요. 저도 행복하네요." 내가 뒤늦게 말했다.

"나는 죽을 날을 정해놨어요. 그러니까 희한하게도 더 행복해요." 그도 뒤늦게 덧붙였다.

"죽을 날이요. 언젠데요?"

"칠 월 십칠 일."

"그러니까 한 오십 년쯤 뒤겠네요?"

"에이, 말도 안 돼."

나는 그날이 딸의 기일일 거라고 짐작했고, 내년이
나 내후년 그가 정말로 떠나면 어떻게 하나 싶어 농담
으로 받아쳤는데 그도 내 마음을 아는지 너털너털 웃
었다.

우리는 말없이 술을 마시며 거리를 오가는 사람들
을 바라봤다. 옆 벤치에 앉은 노숙자들과 술을 나눠마
시기도 했다. 그리고 나중에는 하늘을 가로지르는 새
들을 바라봤다.

"어디로 가는 걸까요?" 내가 물었다.

"어디서 오는 거겠죠." 그가 답했다.

우리는 호텔 앞에서 인사를 나누고 헤어졌다. 뒤통
수를 긁적이며 멀어지는 그의 뒷모습이 보이지 않을 때
까지 나는 그 자리에 그대로 서 있다가 내 방으로 들어
갔다. 그러고는 땀과 먼지, 몸에 밴 열기를 씻어냈다. 옷
을 갈아입은 후 포근한 이불로 들어가 작은 조명을 켰
다. 몇 주가 지나면 더는 내 방이 아닌 내 방, 다른 사람
의 공간이 될 내 방 침대에 누워 그날의 일을 짧게 메모
했다. 얼마 뒤 나는 단편의 초고를 완성해 더는 내 방이
아닌 그 방에서 나왔다.

그리고 지난 칠월 그의 부고를 들었다. 엄마의 사
십구재를 지내고 돌아오는 길이었다.

나와 마주 보고 웃던 그들의 얼굴을 떠올린다. 우리는 함께 있다가 서로에게서 멀어진다. 타인의 공간이 되어 있을 나의 공간처럼. 나를 품어주던 내 방은 이제 다른 사람을 품고 있을 것이다. 어떤 사람은 마음에서, 어떤 사람은 이 세계에서, 어떤 사람은 방에서 나와 새로운 길을 나선다. 우리는 매일 어딘가로 들어가고 어딘가에서 나온다. 그곳은 사람의 마음속일 수도 있고 이 세계일 수도 저 세계일 수도 있다. 그러나 어디에도 정착할 곳은 없다. 자기 자신 외에는. 아니 어쩌면 그조차도. 내게 편안함을 주던 사람들이 떠난 이곳에 그들의 현존을 증명할 수 있는 것은 이제 아무것도 없다. 그들은 이곳을 떠나 어디로 갔을까?

그들이 빠져나간 자리에서 문장이 시작된다. 나는 문장 속에서 그들을 재생한다. 다시 삶을 주고 그 안에서 살아가도록 그들을 기록한다. 누군가의 마음에서 쫓겨나거나 누군가를 내 마음에서 몰아내면서, 지금은 내 사람이지만 조금 뒤면 내 사람이 아니게 될 누군가와의 이별을 앞두고서, 이곳을 떠나 다른 데로 이동하면서, 나는 그들 안으로 들어가 그들과 함께 산다. 문장 안에서 그들의 뼈와 살을 어루만진다.

705

◎

범선이 앞으로 나아갈 때
뒤에서 불어주는 바람

〰

김성중

2008년 〈중앙신인문학상〉을 수상하며 작품 활동을 시작했다.
소설집 『개그맨』, 『국경시장』, 『에디 혹은 애슐리』,
중편소설 『이슬라』, 『두더지 인간』,
장편소설 『화성의 아이』가 있다.
〈젊은작가상〉, 〈현대문학상〉, 〈김용익소설문학상〉을 수상했다.

◎

이 글은 베트남 꾸이년의 한 카페에서 쓰고 있다. 기나긴 해변을 끼고 있는 이 도시에서 여름을 나기 위해 가족과 함께 왔다. 생각해보면 이런 식으로 다른 곳으로 옮겨 살았던 경험이 우리 가족에게는 적잖이 있던 것 같다. 오키나와 요론 섬에서 두 번, 제주에서 두 번, 파나마와 코스타리카에서 한 번, 그리고 이번에 베트남에서 한 번. 처지에 비해 용케도 잘 돌아다녔다.

쿠바에서 만나 남미 여행을 함께 한 후 결혼한 우리 부부는, 다른 것에는 다 마음이 맞지 않아도 어디론가 떠나는 일에만 일치단결하여 걸핏하면 여행할 궁리를 했다. 아이가 태어난 이후에는 여행의 성격이 바뀌었다. 소라게처럼 커다란 배낭에 살림살이와 장난감을 욱여넣고 한 곳에 오래 머물며 잔뿌리를 내리는 방식을 택했다. 그리고 그 시작은 〈호텔 프린스〉에서 제공한 제주 집필실 하례리에서부터다. 우리 가족 한달살이의 기원이라고 할까.

〈호텔 프린스〉의 '소설가의 방' 프로그램은 널리 알려져 있다. 그러나 초창기에 제주도 직원숙소를 집필실로 제공한 사실은 그만큼 알려져 있지 않다. 서귀포시 하례리 귤밭 한가운데 있는 이 숙소는 화려하진 않아도 갖출 것은 다 갖춘 넓은 독채로, 방에서 한라산이 보인다. 한달 내내 구름 낀 한라산, 비가 와서 종적을 감춘 한라산, 아이스크림처럼 솟아있는 한라산, 그 외의 다양한 한라산의 자태를 실컷 보았더니 나중에는 반려 산(?)처럼 친밀감이 생겼다. 아침에 일어나서 인사하고, 저녁에 잠들기 전에 다시 인사하고, 글이 써지지 않으면 푸념하고, 구름에 가려 보이지 않는 날에는 서운하고 그랬으니까.

2015년의 나는 '작가생활 최대의 위기'라고 생각하는 시간을 통과하고 있었다. 아이가 태어나 돌도 지나지 않았다. 집필은 당연히 올스톱, 어쩌다 문장을 쓰려면 단어 상자가 흐트러져 있었다. 그 와중에 미뤄둔 경장편 소설의 마감이 다가오는데, 제목은 '늙은 알베르트의 증오'였다. '젊은 베르테르의 슬픔'에 대한 메타픽션으로 로테의 남편 알베르트가 노년이 되어 자기 인생에 깊은 회의를 품고 강력한 분노에 휩싸여 변화하는 이야기다. 자기 아내는 평생 '베르테르의 연인'으로만 기억되지 '알베르트의 아내'로 인지되지 않았고, 가정과 사회에 헌신하여 살아온 자신의 인생이 부서졌기 때문이다. 젊을 때의 가장 큰 정념은 '사랑'이겠으나, 중년 이후 인간을 뒤흔들 가장 큰 정념은 '분노'가 아닐까? 당시에는 그렇게 생각했던 것 같다. '알베르트가 베르테르화 되는 과정'이라고 내러티브의 큰 축을 잡았다. 갈등과 인물, 새롭게 해석될 주제가 손에 다 들어있다고 생각했지만 원작이 무려 요한 볼프강 폰 괴테 아닌가. 쫄지 말고 나아가는 것이 가장 관건이었다. 더불어 낭만주의 특유의 들뜬 상태, 홀린 듯한 문체가 필요했다. 이성적으로 생각하면 글을 시작하기에 필요한 연장이 다 들어 있었다. 문제는 현실이었다.

'이렇게 불리한 순간에……'

나는 일기장에 두려움을 내비쳤다. 작가로의 일정과 엄마로서의 일정, 둘 다 지불 불가능한 명세서를 내밀고 있었으니까. 의무가 줄줄이 적혀있는 그 명세서를 합치는 것은 쉽지 않아 보였다.

가장 큰 난제는 '글도 써야 하고, 아이와도 오래 떨어질 수 없다'는 딜레마였다. 육아휴직으로 들어앉은 남편(휴직은 퇴사로 이어지고, 기나긴 경력단절의 시간이 밀어닥칠 줄 모르고 저지른 일이었다.)이 적극적으로 아이를 돌봐줬지만 아무리 줄여도 더는 줄일 수 없는 엄마 몫이 있기 마련이다.

무릇 타이머가 달려있는 법이다. 엄마의 집필에는.

정말 운이 좋다면 세 시간, 아니면 두 시간이나 한 시간씩 끊어서, 그도 아니면 더 짧게 쪼개지는 식으로 글 쓰는 내내 보이지 않는 모래시계가 생겨난다. 알다시피 문장을 쓰는 일은 국수를 뽑아내는 것처럼 시간 대비 몇 줄, 이런 식으로 출력되지 않는다. 나에게는 토막 나지 않는 긴 시간, 일단 잠수하여 물 밖의 세계를 잊어버리고 가라앉아 있을 시간이 필요했다. 나중에는 배부른 소리라고 생각하여 아이의 지근거리에서 글을 쓰는 식으로 작업했다. 돌이켜보면 작업이 아니라 작업하는 시늉을 했던 것도 같다. 그렇게라도 나는 '포즈'가 필요했다. 아이가 태어났지만 쓰기를 중단하지 않는다는 포즈. 지금 생각하면 엄마인 내가 작가인 나의 불안을 달래기 위한 포즈였던 것 같다.

필사적으로 작업환경을 찾던 무렵, 제주도 집필실에는 가족도 함께 들어갈 수 있다는 사실을 알게 되었다. 지원 후 선정되었다는 연락을 받고 '소설의 신'에게 감사드렸던 기억이 난다.

당시 우리에게는 차가 없었다. 차라고는 오로지 유모차뿐이었다. 유모차를 밀고 다니다보니 처음에는 집필실에서 반경 몇 킬로 이내의 동선으로만 지냈다. 그러다 좀 멀리 나가고, 버스도 타고, 장날도 챙기면서 권역을 넓혀 나갔다. 일정은 단순했다. 아침을 맛있게 먹고, 아이를 유모차에 태워 공천포까지 걸어간다. 한 시간쯤 걸렸던가? 결코 짧지 않은 거리였으나 밭과 도로, 작은 마을들이 이어질 뿐 한산하여 사람들과는 별로 마주치지 않았다. 공천포에는 우리가 좋아하는 카페가 있었고, 그곳에는 바다의 윤슬을 들여다보며 작업할 수 있는 커다란 테이블도 있었다. 그야말로 글 쓰는 '포즈'를 취하기에는 딱 좋은 곳이지만, 공간이 너무 좋아서 정신이 산만할 때가 많다. 그래도 여차저차 글을 몇 알 담아간다.

장날이면 버스를 타고 오일장에 가서 고기국수를 먹고 과일을 사들고 온다. 이때 먹은 레드향의 맛은 잊을 수가 없다. 충격적으로 달고 새콤한 레드향의 부작용은, 다른 귤을 모조리 시시하게 만든다는 것이다.

하례리 옆에는 신례리라는 마을이 나오는데, 여기의 도서관을 기웃거리다가 사서 선생님과 이야기를 나누었던 기억도 난다. 아이들이 여럿 태어나자 뭍의 생활을 정리하고 제주도에 내려와 정착하셨다는 사서 선생님은, 몇 번 더 찾아가자 제주도 도서관 회원증을 만들어주셨다. 덕분에 책도 대출해 빌릴 수 있고, 도서관에서 글을 쓸 수도 있었다. 책들이 가득 꽂힌 서가는 그 모습을 보기만 해도 난파선의 에어포켓처럼 공기가 가득한 느낌을 주었다. 몇 년 후 제주도 한달살이로 다시 내려왔을 때에도 이 회원증으로 도서관을 찾곤 했다.

남원읍에는 동백꽃으로 유명한 위미리가 있다. 위미리에는 남편의 지인인 '실 언니'가 있다. 실 언니의 카페 '어리석은 물고기'는 아늑한 동굴 같은 곳으로, 색실을 넣어 팔찌를 만들거나 머리를 땋을 수도 있다. 남편은 제주의 파란 바다같은 색실의 모자를 하나 주문했다. 그러고보니 올해도 베트남에서 손뜨개 집을 발견하여 비슷한 색깔의 모자를 떴다. 그 이후 처음으로 실뜨개 모자를 맞춘 셈인데 비슷하게 고른 것 같으니 인간은 그리 많이 변화하지 않는 듯 하다.

한편 나는 종이 위에서 알베르트를 계속 떠나가는 중이었다. 느리고 꾸준하게, 코가 튀거나 풀어서 다시 떠야 하는 문장도 많았다. 이때의 제주, 이때의 작은 딸, 이때의 나의 문장은 인생의 한 번뿐인 순간으로 마음에 폴라로이드 필름처럼 찍혀있다. 이 경험이 너무 좋아서 몇 년 뒤 다시 섬을 찾았지만 물속에 담았던 손을 꺼낸 것처럼 그 느낌은 어디론가 사라지고 없다. 그

자리에는 다른 제주, 조금 더 큰 우리 딸, 그리고 조금 덜 술렁거리는 나의 문장이 자리하고 있다. 나만 알 수 있는 윤슬로 반짝이는 시간이 바다와 함께 흘러간 것이다.

시간을 다시 9년 전으로 돌려본다.

제주 집필실에서 가장 잊을 수 없는 순간은 딸이 처음으로 두 발로 섰던 찰나일 것이다.

넓은 내부에 걸리적거리는 가구가 없어서인지 그 전까지 이숲이는 운동장 같은 마루를 신나게 기어다녔다. 그렇게 다리 힘을 기른 모양인지, 뭔가를 잡고 자꾸 일어서기를 시도하던 참이었다. 나는 이불을 깔아놓고 벽에 비스듬히 기대어 책을 읽고 있었다. 옆에서 뒹굴거리던 딸이 쿠션처럼 대어놓은 베개를 거쳐 나의 어깨를 잡고 후들후들 일어서기 시작했다. 처음에는 대수롭지 않았지만 그날은 조짐이 달랐다. 일부러 아무 반응을 하지 않고 곁눈질로 지켜보았다. 콩, 넘어진다. 다시 일어난다. 후들후들, 짧은 다리가 떨린다. 콩, 또 넘어진다. 포기하지 않는다. 다시 작은 손으로 내 어깨를 잡고 일어선다. 그리고 두 팔을 놓는다. 넘어질 줄 알았는데 한동안 그대로 '우뚝' 서 있었다. 두 발로 서 있는 딸을 보고 있자니 돌도 안 된 아기가 거인처럼 보인다. 아폴로 11호에서 내린 닐 암스트롱이 인류 최초로 달에 발걸음을 내딛은 순간을 정면에서 목격한다 해도 이보다 감격스러울 수 없을 것 같다.

딸이 도로 주저앉을 때까지 참았다가 나는 와락 안 아주며 폭풍 칭찬을 해 주었다. 태어난 지 일 년도 되지 않은 인간이 두 발로 일어서다니, 새삼 인간이 이족보 행을 하는 존재, 직립하는 존재라는 사실이 실감났다. 네발로 기어다니는 게 훨씬 편하고 자연스러웠을 텐데, 유전자 스위치가 어떤 식으로 켜지기에 인간은 스스로 두 발로 일어선단 말인가? 나는 나날이 성장하는 딸에 대한 감격, 호모 사피엔스 종에 대한 감격까지 뒤섞여 흥분을 가라앉힐 수 없었다.

그 외에도 '하루 여행'을 다닌 추억은 더 많다. 같은 섬이라고 해도 제주시와 서귀포시의 분위기는 확연히 다르고, 거리도 꽤나 멀다. 서귀포에 사는 친구는 두 도 시의 거리가 서울과 부산만큼이나 멀다고, 명절이 아니 고서는 본가인 제주시에 갈 일이 없다고 너스레를 떨었 다. 귤밭 한가운데서 이웃도 없이 살아가는 우리에게 서귀포시는 '문명'의 모든 것을 상징하니 어쩌다 한번 씩 나가면 열심히 구경하게 된다. 옆 동네 효돈리에는 제주도의 유명한 전통과자 '귤향과즐'을 만드는 본사 가 있다고 해서 부러 가서 사먹었기도 했다. 중문 주상 절리를 보기위해 유모차로 사투를 벌이던 일, 쇠소깍의 맑은 물을 내려다보며 오메기떡으로 점심을 먹을 기억도 떠오른다.

그 시기에 토막글이라도 쓸 수 있던 것은 어떻게든 작업을 이어붙일 수 있는 공간이 주어졌기 때문이다. 그 작업실은 가족 모두와 함께 떠난 제주에 있었다. 세상에 문운이라는 게 있다면 이런 것이 아닐까. 작품이 알려진다거나 상을 받는 것이 문운이 아니라 글을 쓰고 싶을 때 쓸 수 있는 여건이 주어지는 행운 말이다. 범선이 대양에 나가려면 바람이 불어줘야 할 것 아닌가. 그런 의미에서 제주 집필실은 그 시기의 나에게 종이 위를 항해하게 해주는 바로 그 '바람'에 해당한다.

이곳을 거쳐 갔을 다른 작가들은 어떤 빛깔의 시간을 보냈을까? 나보다 먼저 머물렀던 정지향 작가님은 혼자 지내면서 친구들이 더러 다녀갔던 것 같다. 내가 나간 후 그 다음에 온 서진 작가님은 부부가 함께 와서 글도 쓰고 문어도 잡으며 그야말로 제주생활을 만끽하신 모양이다. 혼자서, 부부가, 가족이 함께 올 수 있는 집필실이었기 때문에 그 집에 담긴 작가들의 기억도 다채로웠을 것이다. 제주도 하례리 집필실은 비단 원고 분량 몇 장으로 셈할 수 없는, 작가의 내면을 살찌우는 곳이 아니었나 싶다.

황토를 발랐다는 방 안은 그래서인지 잠을 달게 자는 곳이었다. 집이 아닌 집필실에 가면 책상의 사면을 다 띄워 놓는 버릇이 있어 이번에도 탁자를 그렇게 배치했다. 가족들이 다 잠들어 있는 방 안에서 살그머니 나와 마루의 책상에 앉아 있으면 조명 아래로 나 혼자만의 시간이 고여드는 듯 했다. 나는 의무를 덜어내고 우선 시급한 일부터, 가장 좋아하는 유희부터 찾아서 후드 티처럼 걸쳐 입었다. 책을 읽고 밑줄을 치고 노트에 천천히 옮겨 적다가 문득 다른 생각이 돋아나는 순간을 글자로 붙잡는 것. 유희면서도 경건한 마음이 드는 것은 종이에 펜으로 적는 이 행위가 기도와 닮아있기 때문일 것이다. 그렇게 몇 줄을 쓰다보면 정처 없는 마음이 가라앉고 '나 자신으로 돌아왔다'라는 실감을 주었다. 글쓰기와 육아, 여행과 생활이 씨줄과 날줄로 짜여 어수선한 태피스트리를 이루던 그 시기를 통과해 나도 글도 아이도 그럭저럭 자라나고 있다. 선물처럼 주어진 행운, 범선이 앞으로 나아갈 때 뒤에서 불어주는 바람을 만났기에.

706

◎

비결

∿

김덕희

2013년 〈중앙신인문학상〉을 수상하며 작품 활동을 시작했다.
소설집 『급소』, 『사이드미러』, 장편소설 『캐스팅』이 있다.
〈한무숙문학상〉을 수상했다.

◎

이 편지가 언제 발견될지 모르겠습니다. 그리고 당신이 누구인지도 지금의 저로서는 전혀 알 수 없습니다. 그래도 씁니다. 편지라도 쓰는 것 말곤 달리 할 게 없습니다.

소개부터 하겠습니다. 저는 당신의 과거에 이 방에서 6주간 지내다 나간 소설가이고 지금은 이 호텔에서의 마지막 밤을 보내고 있습니다. 한여름이고 무더위가 기승을 부리고 있네요. 가까이 명동 거리에서는 매일같이 사람이 북적이는데도 저는 며칠째 밖에 나가지 않았습니다. 저는 그런 사람입니다. 더위가 싫고 북적

이는 것도 싫고 더운 곳에서 북적이는 건 쳐다보는 것
조차 싫습니다. 저는 그저 시원한 실내에 앉아 사색하
고 그 사색이 공상과 망상으로 날뛰는 순간을 지켜보
는 것을 좋아합니다. 이 편지도 그러던 어느 날 마음먹
게 되었습니다. 누군지 모를 당신을 이렇게 몇 줄의 글
로 만나려고 하니 설레기까지 합니다. 반갑다고 말해
도 괜찮을까요? 안부도 묻고 싶습니다. 당신의 '지금'
은 어떠한지요.

　당신의 지금이 한겨울이면 좋겠습니다. 그리고 추
위가 매섭다면 더욱 좋겠습니다. 그렇다면 이 편지가
당신에게 조금 더 비현실적으로 느껴질 수 있을 테고,
당신은 추위의 한가운데서 더위를 상상하겠죠. 저는 당
신이 추위 속에서 상상해낼 지독한 더위가 궁금합니다.
그러나 저의 호기심은 중요하지 않습니다. 오직 당신
의 상상력이 자극되기만 바랄 뿐입니다. 당신은 분명히
소설가일 것이고 소설가는 상상해야 하기 때문입니다.

　당신의 지금이 몇 년도인지, 어느 계절인지도 모릅
니다만 말한 대로 당신이 소설가라는 건 확신하고 있
습니다. 이 편지를 당신이 읽고 있다는 것이 바로 그 증
거입니다. 지금이면 당신도 잘 알게 된 그 방식으로, 저
는 오직 소설가만 이 편지를 발견할 수 있도록 해뒀으
니까요. 호텔 객실을 이용하는 일반적인 이용자들은
물론, 청소부나 안전진단 요원 같은 사람들조차 절대

찾을 수 없는 곳에 편지를 감췄지요. 그런 뒤 소설가만이 관심을 가질 만한 단서들을 배치해뒀습니다. 저는 이 편지를 쓰기로 결심한 순간부터 바로 조금 전까지 무수한 방법으로 그것을 검토했습니다. 이를테면 최근 일주일 동안 한두 사람씩 초청해서 이 방에 편지가 숨겨져 있으니 찾아보라고 한 적이 있습니다. 세어보자면 열두 명이네요. 모두 자기 분야에서 성과를 내고 있는 명석한 사람들입니다만 아무도 찾지 못했습니다. 바퀴벌레를 봤다고 신고한 적도 있습니다. 해충 방제 전문가 세 명이 와서 꼬박 두 시간 동안 샅샅이 점검하더군요. 그래도 편지는 발각되지 않았습니다. 그렇게 감쪽같이 숨긴 이 편지를 당신은 소설가이기 때문에 찾아낸 것입니다.

지금 생각해도 당신과 저만 알고 있는 이번 퍼즐의 마지막 단계는 백미입니다. 여기서 그 방법에 대해 신나게 떠들어대고 싶지만 기록하지 않으려 합니다. 이건 저로서는 고도의 인내심을 발휘해야만 하는 어려운 일입니다. 티끌만 한 소재로도 태산 같은 이야기를 만들어내려고 욕심 부리는 게 우리 소설가 족속의 기질이 아니겠습니까? 그런데도 이번 퍼즐에 관해서는 아무것도 쓰지 않으려 한다는 겁니다. 우리의 비밀로 해두면 어떨까 해서입니다. 소설가로 살면서 부를 바라겠습니까, 명예와 권력을 좇겠습니까? 부질없는 욕심은 내려

두고 그저 이런 사소한 재미를 많이 만드는 게 소설가의 낙이 아닐지요.

이런 태도 때문일까요? 세상은 소설가를 이따금 별종으로 취급합니다. 거짓말을 하거나 억지스레 추측하는 사람에게 "소설 쓰고 앉았네." 하며 욕하잖습니까. 저는 아직까지 "시 쓰고 앉았네."라는 욕은 듣지 못했습니다. 아무래도 시보다는 소설이 더 만만한가 봅니다. 그게 저는 좋습니다. 괜찮지 않습니까? 우리는 더 멸시당하고 괄시당할 수 있다고 봅니다. 그래도 끄떡없을 거라 믿습니다. 오히려 세상이 우리를 함부로 대하지 못하도록 알량한 수사로 방어하고 있는 게 문제입니다. 문학을 한다는 사람들이 너도나도 선각자나 민족지도자와 같은 대우를 받길 바라니 지금 이 꼴이 되어 있는 거지요.('이 꼴'에 대한 언급은 삼가겠습니다. 다만 '이 꼴'이 무엇인지 모르는 게 문제라면 문제라는 말은 할 수 있습니다.) 우리는 그러지 맙시다. 계속해서 열심히 하찮아집시다. 그리하여 결국엔 무해한 별종이 됩시다. 재담꾼이 되고 광대가 된다면 어떻겠습니까?

아이들이 으레 그러듯이 사소한 것에 자주 눈길을 주고, 눈길 가는 것에 몰두하고, 그 몰두하는 방법을 다양하게 만들어 즐기고 싶습니다. 오늘의 이 편지도 그런 것의 일부라고 여겨주시기 바랍니다. 아마 이 편지를 다 읽고 나면 당신도 다른 누군가에게 편지를 쓰고 싶을 겁니다. 훗날 제가 다시 이 호텔에 머물게 되면 저는 반드시 이 객실을 요청할 생각입니다. 그리고 당신이든 누구든 괴팍하고 귀여운 취향을 가진 어느 소설가의 편지를 기대하고 싶습니다.

편지 이야기는 이쯤하고 소설에 대해 말해봅시다. 어떻습니까, 좋은 글감을 들고 들어오셨나요? 아니면 새로운 걸 써보기 위해 책을 잔뜩 짊어지고 오셨나요? 그리고 계획대로 되어가고 있나요? 모르긴 해도 아마 그렇지 않을 것 같습니다. 애초에 소설이 잘 써지고 있었다면 이 편지를 발견할 일도 없고, 발견하지 못했으니 읽고 있지도 않겠지요. 저도 마찬가지입니다. 6주 동안 한 줄도 못 썼습니다. 아무것도 생각나지 않더군요. 마치 의식이 결박당한 것 같았습니다. 여러 방면으로 그 원인을 찾아 해결하려 해보았습니다만 허사였습니다. 마음이 동하지 않는 상태에서는 아무리 문장을 만들어봐도 도로 지우게 되더군요. 이런 경우는 없었습니다. 학생 때는 누구보다 많은 작품을 써내는 습작기를 보냈고, 데뷔하고 나서도 원고 청탁을 두려워해본 적이 없습니다. 그런데 최근 6주는 아주 이상한 기간이었습니다. 그러다 이 편지를 쓰고 감춰놓을 아이디어가 떠올랐고 초고를 쓸 땐 미친 듯이 타이핑했습니다. 실로 얼마만의 몰두인가 싶었고 모처럼 흥분을 느껐더랬지요.

쓸데없는 말이 너무 길어졌는데요. 원래 제가 하려던 이야기는 이게 아닙니다. 저는 소설이 안 써지는 상황을 혼란스럽게 버티고 있었고 그 상태를 기록하고 싶었습니다. 그런 걸 뭘 하러 써 놓으려 하느냐고 스스로에게 물었습니다. 답을 찾지 못했습니다만 써 놓아서 나쁠 건 없잖느냐고 정리했습니다. 그러다 누군가에게 하소연하듯 쓰고 싶었고 서간체를 떠올렸습니다. 그리고 순식간에 초고를 정리했습니다. 그러고 보면 정말 진작부터 이 문제로 동료들과 이야기하고 싶었던 것 같습니다. 술자리 같은 데서 시시하게 몇 마디씩 주고받은 기억은 있는데 그냥 안줏거리에 불과했지요. 그래서 기억나는 게 없습니다. 이참에 진지하게 자세를 가다듬고 정리해보겠습니다. 제 방식이 도움되든 안 되든 당신은 당신의 시도들을 적어두면 좋겠습니다. 그러한 릴레이가 만들어진다면 누군가의 이야기가 제게 닿는 날이 오겠지요. 그것이 이 편지의 최종 목표입니다.

대학 학부 시절, 성적 장학금을 꼬박꼬박 받아 챙기던 동기가 있었습니다. 그 친구는 레포트를 참 잘 썼는데, 현대소설론 같은 수업에서 발표할 때 들어보면 저는 죽었다 깨어나도 못 쓸 수준이기에 어떻게 그 어려운 걸 척척 써내느냐고 물은 적이 있습니다. 그런데 그는 되려 제게 묻더군요. 어떻게 소설을 그렇게 '척척' 쓰느냐. 나는 깜짝 놀랐습니다.

　독자나 소설가 지망생과 대화를 나눌 때마다 당신도 소설가이니 비슷한 질문을 받지 않나요? "안 써질 땐 어떻게 해요?", "슬럼프에 빠졌을 때 어떻게 극복하나요?", "영감을 얻는 비결이 있나요?" 표현의 방식은 다르지만 질문이 구하는 대답은 하나입니다. 어떻게 하면 소설이 써지는가? 혹은 쓸 수 있는가? 혹은 쓸 수 있는 상태가 되는가?

　대학 동기의 일화를 다시 끌어와 본다면 우선 한 가지는 확실히 말해둘 수 있겠습니다. 지금 소설이 안 써지는 이유는 우리의 머리가 나빠서거나 노력이 부족해서 그런 건 아닌 듯합니다. 중요한 무언가를 놓치고 있거나 그것에 관해 들어본 적이 없기 때문에 쓰지 못하고 있는 것 같습니다. 그 '중요한 것'을 저는 소설 쓰기의 비결이라고 말하고 싶습니다.

　저는 사실 습작기 때부터 줄곧 그놈의 비결을 찾아다니고 있었습니다. 압니다. 예술 작품을 창작하는 데 있어 비결을 들먹이면 핀잔을 듣지요. 그런 게 있을 거라 생각하는 것부터가 글러먹었다는 소리입니다. 아마도 누워서 떡을 먹으려는 마음, 나뭇가지에 매달린 열매가 입안으로 떨어지길 기다리는 태도를 나무라는 것이겠지만 저는 의아했습니다. 에두르고 헤매며 가고 있는 사람이 별자리를 살피고 개울 소리를 따라 방향과 길을 고민하고 있는데, 그게 어째서 공짜로 얻으려는 심보에 비유될 수 있나 해서입니다. 문학이란 게 질문하지 못하는 일이라면 대학에 문예창작과는 왜 있으며 그 많은 사설 교육 기관이나 단체는 뭘 하는 곳입니까? 그런데 아직도 비결 따위 없다고 입을 모아 말하지요.

이쯤 하면 토론이 엉뚱한 곳으로 흐르게 됩니다. '비결'이란 단어에 매몰되어 온갖 관념들을 그 단어의 혈관에 밀어 넣고 갖가지 논법으로 그 단어의 DNA를 염색합니다. 그리고 끝내는 제가 '벼결'이란 단어를 잘못 가져와서 쓰고 있다는 이야기로 귀결될 것입니다. 좋습니다. 더 적확한 단어가 있는데 제가 찾는 일에 소홀했을 수 있습니다. 하지만 저는 더 적확한 그 단어가 무엇인지 모르겠습니다. 어린아이도 알아들을 만한 그런 좋은 단어를 제시해주신다면 저는 이 글의 모든 문장을 수정할 의사가 있습니다.

비결에 대해 고민하던 중 좋은 글감이 없는 인생이기에 못 쓰는 건가 싶을 때도 있었습니다. 전쟁을 겪은 선대들, 산업화와 민주화를 통과한 기성들이 부러웠습니다. 저란 놈은 절실하게 써야만 하는 역사가 없는 시대에 태어나, 아무짝에도 쓸데없는 놈이 되어 있는 것 같았습니다. 그러나 다시 생각해보니 설령 그 옛날에 태어났더라도 그보다 더 옛날 사람의 경험을 부러워하며 저의 당대를 보잘것없다 여겼을 것 같았습니다.(어린 나이에 생각이 거기까지라도 간 건 조금 기특하지 않나요?) 그러니 다른 방식의 접근이 필요했습니다. 이 시대의 경험도 매우 고유하며 특별한데 제가 소설에 녹여내지 못할 뿐, 찾아보면 그렇게 해줄 무언가가 분명 있을 거라는 가설을 세워봤습니다. 저의 작고 가볍고 얇고 얕은 경험을 크고 무겁고 두껍고 깊게 증폭시켜줄 무언가가 필요했습니다. 그게 무엇인지 찾기 위해서라도 계속 쓰려 했던 것 같습니다.

일단 문장을 시작하고 그걸 어떻게든 이어가다 보면 뭔가가 덧대지는 현상을 많이들 겪습니다. 저는 한동안 이게 왕도고 첩경이라 생각했습니다. 그래서 책상에 가서 앉기가 힘들어 그렇지 일단 앉으면 뭐라도 쓰게 돼 있다고 우겼습니다. 그러나 저 자신부터 그런 방법에 확신이 있는 건 아니라서 몇 마디 단서 조항 같은 걸 달아 이렇게 말하곤 했습니다.

"일단 힘들어도 가서 앉으세요. 앉아도 예열하는 데만 서너 시간쯤 걸릴 수 있는데 그건 대개의 작가가 겪는 것이니 자연스럽게 받아들이세요. 그러면서 끼적대다 보면 어느새 여러분은 쓰기 시작하고 있고 그렇게 찔끔찔끔 쓰다가 지우고 쓰다가 지울 거예요. 어느덧 동이 터오는데 그렇게 공들여 써도 다시 읽어보면 '남길

만한 게 없을 때가 많아요. 그것도 자연스러운 일이지요. 그래서 저는 자리에 앉아 일어날 때까지 쓴 것 중 대여섯 문장 정도만 남길 수 있어도 그날은 성공한 셈으로 친답니다."

어딘가 무책임한 것도 같고 진짜 비결은 말해주지 않은 것도 같지요? 개운치 않은 마음으로 소설 쓰는 비결을 더 열심히 수집했습니다. 그러던 중 인상적인 조언을 들은 적이 있습니다. 조언해준 그의 비결은 술이었습니다. 좀 의외였습니다. 제 귀에는 술을 마시며 쓴다는 소리가 약을 한다는 것처럼 들렸거든요. 저도 술을 무척 좋아하지만 일할 때는 멀리합니다. 정신이 엉킬 수밖에 없는데 어떻게 글을 쓰는가. 맥주나 와인을 홀짝이면서 좋아하는 소설을 '읽고' 그 이야기에 빠르게 몰입되는 것과는 전혀 다르지 않은가. 체력은 금방 고갈될 것이며 이야기의 맥락과 흐름은 뒤죽박죽될 게 빤합니다.

와인을 조금씩 마신다는 그 선배의 이야기를 들었을 때 각자의 성격이 다른 것처럼 그분께는 도움이 될지 몰라도 저는 절대 할 수 없는 일이라 생각했습니다. 그런데 믿으실지 모르겠지만 지금의 저는 그 선배를 아주 깊이 이해하고 있습니다. 술을 마시기 시작한 건 아닙니다. 사연인 즉 이렇습니다.

저는 논리적인 걸 좋아합니다. 그냥 좋아하는 게

아니라 생겨 먹길 그렇게 생겨 먹었습니다. 콩을 심었으면 콩이 나오고 팥을 심었으면 팥이 나와야 안심하는 사람이란 얘깁니다. 어쩌다 이 지경이 되었는지는 모르겠지만 아주 어릴 때부터 뼛속 깊이 밴 기질입니다. 그러니 소설이 될 리가 있겠습니까? 이렇게 전개해보고자 하면 저래서 안 되고, 저렇게 전개해보고자 하면 이래서 안 되는 식이었습니다. 어느 날 저는 저의 이런 기질이 스스로를 옥죄고 있다는 걸 깨달았습니다.(이런 걸 깨달은 저 자신이 또 기특합니다.) 하도 답답해서 산책을 나갔는데 풀리지 않는 전개를 들고 나갔으니 산책이 길어질 수밖에요. 응암역에서 불광천변을 따라 한강까지 다녀왔고 세 시간 반쯤 걸었던 것 같습니다.

돌아오는 길엔 몸이 상당히 지쳐 정신마저 흐리마리해졌습니다. 마지막 30분 정도는 왜 이 고생을 하고 있는가 하고 저 자신을 타박했습니다. 그러면서도 전개가 풀리지 않는 소설은 계속 생각했지요. 이래서 안 되고 저래서 안 되던 그 전개가 이제는 너무 피곤한 나머지 이러면 어떠하리 저러면 어떠하리, 하고 느슨해지더군요. 거기서 그치지 않고 조금 더 과감하게 이러이러하면? 저러저러하면? 하고 뻗어나가봤습니다. 그러자 왜 이게 이제야 생각나지? 하며 재밌게 느껴졌고 갑자기 기운이 나더군요. 얼른 달려가 책상 앞에 앉고 싶어졌습니다.

저에게 이 경험은 굉장히 큰 사건입니다. 아, 이래서 그 선배는 술을 마시는구나 하는 생각이 들 정도였지요. 멀쩡하고 명징한 정신으로는 자유분방하게 상상할 수 없습니다. 이성이 너무나 높은 울타리를 쳐버리는 바람에 문장이 나아갈 수 없습니다. 그러니 이성을 무너뜨려야 합니다. 논리를 세우는 뇌가 아니라 꿈꾸는 뇌를 깨워야 했던 겁니다. 콩을 심었으면 콩이 나야 한다는 그 벽창호를 쫓아내고, 콩을 심어놓고 팥을 수확하겠다 하면 혼날까 두려워하는 그 옹졸한 놈도 쫓아내야 합니다. 그렇게 해서 우리의 문장과 이야기가 갈 데까지 가볼 수 있게 놓아주어야 합니다.

지금도 저는 소설이 안 풀리면 무작정 나갑니다. 몸을 지치게 해서 정신을 빼놓기 위해서입니다. 멀쩡한 정신을 빼놓기에는 술이 제격인 듯하나 아무래도 내키지 않습니다. 저는 절제하지 못하고 중독으로 빠져버릴까 봐 무섭습니다. 격한 운동도 권하고 싶지 않습니다. 생각을 꾸준히 할 수 없습니다. 그러므로 제게는 반드시 산책이어야 합니다. 이어폰도 두고 나갑니다. 음악을 들으면 그 소리와 리듬에 정신이 빼앗겨 상상이 일어나지 않습니다. 이게 익숙해지다 보니 처음에는 한강까지 다녀와야 했는데 이제는 그 3분의 2 정도 구간만 걸어도 구상이 재밌어집니다. 죽어라 떠오르지 않던 아이디어가 고개를 들고, 인물들이 대사를 내뱉으며 숨을 쉬기 시작합니다.

자, 이게 저의 비결입니다. 대단찮은 것이라 실망하셨을 수도 있겠습니다. 그리고 당신이 저를 의심하고 있다는 것도 알고 있습니다. 쓰는 비결을 가지고 있다지만 저는 6주간 이 호텔에서 아무것도 못 썼다고 했으니까요. 실은 저도 그게 놀라웠습니다. 짐작하기로는 제게 맞는 산책로가 필요한 것 같습니다. 도심에서는 아무리 지치도록 걸어다녀봐도 어지러워지기만 할 뿐이더군요. 무수한 시각적 자극들이 저의 머릿속 자리를 차지하려고 다투었습니다. 그래서 지금 저는 그저 빨리 천변으로 나가고 싶을 뿐입니다. 내일 아침에 체크아웃하자마자 집에 짐을 부려놓고 나갈 생각입니다. 호텔에 유감은 없습니다. 귀한 배려를 글 쓰는 데 이용하지 못한 제 잘못이 큽니다.

아직 비결을 못 찾았다면 당신도 곧 찾기를 바랍니다. 제 이야기 속의 긴 산책이나 술에 집중하면 안 됩니다. 제 말은, 계산하고 정리하는 뇌, 낮을 관장하는 뇌를 누르고, 상상하고 꿈꾸는 뇌, 밤의 뇌를 깨우자는 겁니다. 그런 뇌가 당신의 의지대로 깨어나길 응원하겠습니다.

707

◎

비밀엽서

∾

정은

장편소설 『산책을 듣는 시간』이 있다.
〈사계절문학상〉을 수상했다.

◎

누구에게나 비밀이 있다. 아무에게도 말한 적 없는 비밀이 그 사람이 누구인지를 가장 잘 말해준다. 미국의 큐레이터인 프랭크 워렌Frank Warren은 2004년 11월에 엉뚱한 아이디어가 하나 떠올랐다. 그는 자기 집 주소가 적힌 엽서 3,000매를 인쇄해서 한쪽 면은 비워두고, 집 주소가 인쇄된 다른 쪽에는 안내문을 적었다. "누구에게도 말한 적 없는 당신의 비밀을 익명으로 말해주세요." 그리고 엽서를 워싱턴 D.C. 거리에 무작위로 뿌렸다. 곧 프랭크의 우체통이 익명인이 보낸 비밀엽서로 가득 차기 시작했다. 엽서는 워싱턴 D.C.뿐만 아니라

밴쿠버, 텍사스, 뉴질랜드 등 세계 곳곳에서 왔다. 비밀
엽서Post Secret 프로젝트의 시작이었다. 익명의 사람들이
보낸 엽서엔 이런 문구들이 적혀있었다.

아무도 모르지만, 나는 여름휴가 후 직장으로 돌아
가지 않을 거야.
내 여동생은 암에 걸렸고, 나는 그녀와 그 이야기
를 하고 싶지 않아.
이전에 나를 알던 사람들은 내가 죽은 줄 알아.
채식주의자들도 가끔 고기를 생각해, 내가 그렇거든.
나는 내 개가 생각하는 그런 내가 될 수 없을까 봐
두려워.

공개된 엽서 중에는 잡지의 텍스트를 오려 붙여서
완성한 문장도 있었다. 그렇게 필사적으로 필체까지
감춰야했던, 차마 입 밖으로 내뱉지 못해서 익명으로
엽서를 띄운 것치곤 사연들이 대부분 사소했다. 안도
감마저 들 정도였다. 남들도 다 똑같구나. 나한텐 치명
적인 비밀이지만 남들한테는 사소할 수도 있겠구나.
그 치명적이면서도 동시에 한없이 사소한 비밀의 균형
을 맞추는 것이 작가의 주된 일 중 하나다.
대학교 신입생 때 〈글쓰기〉라는 제목의 강의를 들
었다. 첫 수업 시간에 교수님은 자신의 책장을 둘러보

고 거기에 없는 책을 쓰라고 하셨다. 그리고 서랍 속에 숨겨두고 싶은 글, 엄마가 절대로 읽지 않길 바라는 글을 쓰라고 덧붙이셨다. 언제 작가가 되기로 결심했냐는 질문을 들을 때마다 나는 그 글쓰기 수업이 떠오른다. 엄마가 읽지 않기를 바라는 글을 쓰라는 명제는 그때부터 나의 직업윤리가 되었다. 적어도 원고료를 받고 파는 글이라면 남에게 보여주기 싫을 정도의 진실성이 있어야 한다고 생각했다. 단, 남이 부끄럽고 수치스러워할 글이 아니라 내가 부끄럽고 수치스러운 글을 써야 했다. 보여주기 싫을 만큼 부끄러워야 글이 잘 써지고 있다는 증거라고 여겼고, 항상 이런 글을 써도 될까? 하는 두려움에 쫓겨서 썼다. 그 마음자리가 나의 작업실이고 책상이었다. 끊임없이 나의 내면을 들여다보고 내가 피하고 싶은 것과 대면하는 시간은 괴롭지만, 비밀이 텍스트로 발화되어 나와 거리가 생겼을 때 비로소 그것을 마주할 힘이 생긴다.

살다 보면 매력적인 제안을 갑자기 받을 때가 있다. 그중엔 처음엔 매력적인 제안인 줄 알았는데 나중에 보면 늪이나 폭탄으로 판명된 제안도 있고, 오랜 시간이 지난 후에 매력적인 제안이었다는 걸 뒤늦게 깨닫는 경우도 있다. 그중의 하나가 몇 년 전에 A 선생님으로부터 받은 제안이었다. 라캉 이론 전공자인 A 선생님은 여성의 신경증적 사례를 정신분석학으로 해석한 책을 쓴 적이 있었고 남성의 증상을 다루는 후속작을 준비 중이었다. 나는 A 선생님의 수업을 수강한 적이 있었고 수업이 끝난 이후에는 따로 연락하거나 개인적인 대화를 나눈 적이 없었다. 그런데 그가 갑자기 연락해서 제안했다.

당신이 만난 최악의 남자들에 대해서 들려줄 수 있나요?

나는 기꺼이 그렇게 하겠다고 했다. 정신분석학계의 발전을 위해서 할 얘기가 많았다. 넘치도록 많았다. 친구들 말로는 내가 늘 이상한 남자만 만난다고 했다. 선생님과의 약속 시간이 다가올수록 이상하게 기분이 들떴다. 나쁜 기억을 털어놓는 게 그렇게 기쁠 일만은 아닌데 이상하게 기분이 좋았다. 나의 사연은 낱낱이 분해되어 익명으로 처리될 것이기에 비밀엽서를 띄우는 기분이 들었다. 홀가분하게 다 털어놓고 잊어버리고 싶었다. 선생님의 상담실은 별다른 장식이 없이 소박했고 책상과 의자만 있었다. 그 특징 없음이 내게 안정감을 주었다. 우리는 조금 멀리 떨어져서 마주 보고 앉았다. A 선생님은 녹음하고 있음을 미리 고지한 다음에 별다른 설명 없이 바로 시작했다. "당신이 만난 최악의 남자들에 대해서 들려주세요." 나는 독백하듯이 이야기를 풀어나가기 시작했다. 첫 번째 연애부터 시작해서 마지막 연애까지 그리고 길에서 만난 각종 변태와 주변에서 나를 괴롭게 한 남자들 얘기를 했다. 얘기를 하다 보니 어린 시절까지 거슬러 올라갔다. 시간 관계상 선별해서 나쁜 남자들은 봐주고 최악의 남자들에 대해서만 말했는데도 3시간이 훌쩍 지났다. 내가 말하는 동안 A 선생님은 아무런 반응을 하지 않았다. 그 어떤 동조도 하지 않았고 중간에 끊지도 않았다. 그저 벽처럼 내 얘기를 들었다. 이런 식의 대화나 상담을 해본 적이 없었기 때문에 조금은 어색했지만 어쨌든 다 털어 내고 나니 속이 후련하기는 했다.

그로부터 얼마 뒤에 원고가 첨부된 A 선생님의 이메일이 날아왔다. 첨부파일엔 '여동생의 남자들'이라는 가제로 내가 만난 남자들의 사례가 각색된 채로 들어있었다. 그리고 여동생이 그런 관계에 끌리는 것에 관한 정신분석학적 해설이 덧붙여져 있었다. 인물 추정을 할 수 없도록 충분히 각색되어 팩션이 되었기 때문에 사실관계를 따질 일은 아니지만, 그래도 마음에 걸리거나 수정하고 싶은 부분이 있는지 출판 전에 사례 제공자의 의사를 한 번 더 확인하고자 한다는 내용이 메일에 적혀있었다. 그 메일을 처음 받았을 때 나는 원고 쓰느라 고생하셨고 선생님의 학문 연구에 도움이 되었길 바란다며 축복을 드리는 답장을 쓸 줄 알았다.

그런데 나는 볼드체로 **이 원고는 폐기되어야 마땅합니다.** 라고 썼다. 그리고 **다시 한번 말씀드리지만, 이 원고는 폐기되어 마땅합니다.** 라고 또 썼다. 이대로 출판이 되면 소송에 걸릴 수도 있다고 쓰고, 앞으로 그 어떤 저작에도 내 얘기를 쓰는 것을 허락하지 않는다고 써서 답장을 보냈다. 그러고 나서도 안심이 되지 않아서 바로 전화를 걸어서 원고를 그 즉시 폐기하겠다는 약속을 받아내었다. 원고 폐기를 약속하는 통화 내용은 전부 녹음했고, 녹음했다는 사실을 알리는 메일까지 추가로 따로 보냈다. 그러고도 분이 풀리지 않아서 원고 파일을 삭제하고 쓰레기통도 비우고 집에 있던 A 선생님의 책들을 헐값에 중고로 팔아버렸다. 나는 최악의 남자들 리스트에 A 선생님을 추가했다.

3년 전에 있었던 그 사건을 최근에 다시 떠올리게 된 건 소설 마감을 앞두고 있었기 때문이다. 쓸거리가 없어서 지옥에 갔다 온 경험이라도 있으면 좋겠다 싶은 순간에 내 인생의 최악의 남자들을 모아둔 파일이 있다는 사실이 떠올랐다. 그런 험한 것이 보석함처럼 느껴지는 순간이 작가에게는 있다. 원고 파일은 받은 즉시 지웠지만 다행히 메일에는 남아 있었다. 혹시 모를 증거 보전을 위해 남겨두었다. 메일함에는 내가 폐기 요청했던 A 선생님의 50매짜리 원고와 내가 썼던 메일과 선생님의 답장이 그대로 다 남아 있었다. 3년 만에 다시 읽으니 50매의 원고를 날려버린 A 선생님에게 위로와 사과를 전할 수밖에 없었다. 만약에 A 선생님에게 최악의 여자들 리스트가 존재했다면 분명히 내가 당당히 한 자리를 차지하고 있을 것이다. 동일한 텍스트를 가지고 동일한 사람이 시간차를 두고 다르게 반응할 수 있다는 것은 텍스트의 묘미이지만 동시에 비극이기도 하다.

당시에 내가 인터뷰에 동의한 까닭은 익명으로 그 비밀들을 다 털어놓고 과거의 상처들로부터 해방되고 싶었기 때문이다. 세월이 꽤 흘렀고 이제는 내가 정신적으로 안정되고 마음이 단단해졌다고 생각했다. 실제로 인터뷰 당시 약간 신이 나서 떠들기도 했다. 하지만 막상 내가 겪었던 일들이 활자화되어 눈앞에 나타나자, 내 고통과 상처가 물리적인 몸을 얻어서 더욱 강력한 괴물의 모습으로 내 눈앞에 나타난 것 같았다. 실제로 괴물을 마주한 것 같은 신체적인 공포반응이 올라와서 원고를 제대로 읽을 수가 없었던 것을 기억한다. 심장박동이 빨라지고 몸이 벌벌 떨렸다. 그런데 3년 만에 다시 그 원고를 읽어보니 내 기억과는 달리 이야기는 많이 각색되어 있었다. 주변에서 평범하게 일어나는 흔하디흔한 사건들이었다. 뉴스거리조차 되지 못하는. 비밀엽서 프로젝트의 비밀들을 읽었을 때와 같은 느낌이었다. 이렇게 사소한 이야기가 누군가에겐 치명적인 비밀이라는 것이 영 이해가 되지 않는. 어쨌든 나의 비밀은 나의 가장 약한 부분을 건드리기에 그걸 읽으면서 여전히 기분은 나빴지만, 그때 왜 내가 그렇게까지 공포스럽게 반응했는지는 의아했다.

그리고 까마득하게 잊고 있었지만 나는 A 선생님께 원고 폐기 요청을 하고 나서 일주일 뒤에 메일 한 통을 더 보냈다. 아직도 문득문득 화가 난다면서 그 원고가 폐기되어야 하는 이유를 모르시는 것 같아서 같은 실수를 되풀이하시지 않도록 알려드린다면서 구구절절 내 기분을 적은 긴 메일을 보냈었다. 그 메일에서 나는 이해받길 바라는 마음이 있었던 것 같다고 썼다. 내 사연들이 다른 옷을 입고, 재창조되고, 해석되고, 분석되어 내 최악의 기억들, 상처들이 제대로 된 해석과 말을 얻어서 사라지길 바랐던 것 같다고 썼다. A 선생님은 내 메일에 대한 답장으로 '어쩌면 책에 실릴 원고보다도 실리지 말아야 할 원고를 폐기하는 게 더 중요할 수 있다'라고 썼다. 모든 임상은 윤리에 기반을 두니까. 아무튼 잘 폐기했다고 답장을 주셨다. 나는 그걸 읽고서도 그를 최악의 남자들 리스트에 추가했었다.

내가 보낸 두 번째 메일을 반복해서 읽고 나서야 그때의 내 반응이 이해되었다. 활자화된 내 비밀을 눈으로 본 일차적 반응은 공포였지만 그 이면에는 다른 마음이 있었다. 그러니까 나는 학문 연구에 도움이 될 사례를 제공하기 위해서 인터뷰를 한 것이 아니라 A 선생님께 내 고통을 이해받고 공감을 얻기 위해서 그 이야기를 풀어놓았다. 그렇다면 A 선생님은 내 고통을 이해하는 데 정말 실패했는가. 아니, 오히려 그의 문제점은 내 고통을 바로 보았다는데에 있다. 그는 나에게 중요한 것은 상대방이 누구인가가 아니라 어떤 관계가 세팅되는가였고 답이 없는 곳에서 답을 제시해 주는 인물이 나타나면 즉각 빨려 들어갔다고 썼다. 분석에 의하면 내가 만났던 최악의 남자들은 모두 한 명이었다. 나는 단 하나의 관계만을 반복했다. 그들은 단 하나의 증상이었다. 그들이 최악인 것이 아니라 그게 나의 증상이었다. 그래서 나쁘거나 좋은 것이 아니라 그냥 그게 나의 증상이었다. 그게 진실이었지만 인정하고 싶지 않았기 때문에 그것은 나의 비밀이 되었다. 나는 이해받고 싶었다고 썼지만, 사실은 내 고통을 이해해서 해결하고 싶지 않았다. 그저 고통이라는 감정 속에 머물고 싶었고 그걸 통해서 다른 사람들한테 나의 괴로움을 위로받고 싶었다. 그런데 그가 고통을 분석하고 이해해서 소멸시키려고 하자 고통을 빼앗기는 것 같아 두려웠다.

앨리스 워커는 '글쓰기는 우리 모두에게 필요한 일이며, 삶을 구원하기 위해 글을 쓴다는 것은 틀림없는 진실이고, 지옥에서 벗어나는 매우 견고한 사다리의 역

할을 오랫동안 해 왔다'라고 말한 바 있다. 나 역시 고통이 없었다면 글을 쓰지 않았을 것이다. 사는 것이 고통스러워서 고통을 덜기 위해 글을 쓰기 시작했는데 나중에는 글을 쓰기 위해서 고통을 찾아다니기 시작했다. 왜 자꾸 최악의 남자들만 만났는가, 그런 남자만 찾아다니기 때문이다. 내게 고통을, 아름다운 고통을 지속적으로 공급해 줄 존재들을 찾아다녔다. 나는 나의 고통을 소중히 여겼다. 비비언 고닉의 저서『사나운 애착』에는 남편과 일찍 사별하고 남은 평생을 그 고통 속에서 사는 어머니에 대한 이야기가 나온다. 비비언 고닉의 어머니는 남편의 죽음으로 인한 고통에서 회복하기를 거부했다. 남편에 대한 애도가 업이 되었고 정체성이자 페르소나가 되었다. 어떤 고통은 애착을 형성하고 때로는 그 사람 자체가 된다. 내 보석함 속에는 하나씩 수집한 애착 고통이 들어 있었고 그 고통 속에서만 내가 나일 수 있었다. 고통이 없으면 내가 나라는 사실을 증명할 수가 없었다. 나는 그 애착 고통이 들어있는 보석함을 소중히 들고 다니며 친해지고 싶은 사람과 가까워지는 데 이용했다. 이런 불쌍한 나를 너만은 이해해 줄 수 있을 것 같아. 혹은 너는 이런 나를 결코 알 수도 이해할 수도 없을 거야. 그렇게 고통을 열쇠처럼 손에 들고 어떤 사람은 끌어당기고 어떤 사람은 밀어내는 수단으로 사용했다. 그렇게 소중한 보석함을 A

선생님께 통째로 들고 갔는데 무미건조한 정신분석학적 해석이 돌아왔으니 내 고통이 원하는 방식대로 쓰이지 않아 분노했다. 나는 내 보석함이 그렇게 쓰인 것이 아까웠다. 내 고통의 정체가 드러난 것이 싫었다. 나는 그 고통의 주위를 맴돌면서 그것으로부터 에너지를 받아 글을 쓰고, 사람을 만나고, 나의 고단함을 인정받고 싶었다.

그 원고는 3년 전에 폐기되었지만 한번 활자화된 것은 물리적인 몸을 얻은 것처럼 행동하며 나름대로 자기의 삶을 산다. 그래서 몸을 얻은 텍스트는 지속적으로 독자와 새롭게 관계를 맺을 수 있다. 나는 그 원고를 잊으려고 노력했지만 3년이라는 시간 동안 내 무의식에 남아서 나와 지속적으로 관계를 맺었다. 오랜만에 방문한 고향에서 다시 만난 고향 친구와 이제는 관계가 달라졌음을 실감할 수 있듯이 그 원고를 3년 만에 다시 만났을 때 우리의 관계가 달라졌음을 알 수 있었다. 이런 인식의 전환을 끌어낸 것은 활자화되어 몸을 얻은 텍스트의 힘 그 자체다.

얼마 전에 직지인심 법문을 한다는 선원에 찾아간 적이 있다. 법회가 끝나고 나서 평생 선 수행을 하셨다는 연세가 지긋하신 선생님께 내 고통에 대해서 털어놓았다. 그런 분이라면 내가 왜 이런 고통을 받고 있는지 어떤 카르마 때문인지 다 아실 것 같았기 때문이다. 그분은 인자하신 목소리로 내가 고통스러운 것은 그 남자와는 아무런 상관이 없고 그것은 그의 문제가 아니고 나의 문제라고 하셨다. 나를 고통스럽게 한 건 그의 행동인데 그게 왜 내 문제인지 처음에는 이해가 되지 않았다. 하지만 내 속에 씨앗처럼 들어있던 최악의 남자들의 텍스트가 그 말과 만나 어떤 화학작용을 일으킨 것처럼 내 고통을 서서히 녹이기 시작했다. 고통은 우리가 고통스러워하기를 멈출 때까지 고통을 준다. 고통에서 벗어나는 유일한 방법은 더 이상 고통스러워하지 않기로 결심하는 것뿐이다. 나는 최악의 남자들을 아직 용서하지 않았다. 아마도 나 역시 누군가에겐 최악의 여자일 테고 나 역시 아직 용서받지 못했을 것이다. 다만 나는 그들이 내게 고통을 주도록 내버려두지 않기로 결심했다. 최악의 남자들을 용서하는 대신 나 자신을 용서하는 방식으로.

　나는 존재가 근본적으로 불완전하다는 것을 받아들이지 못하고 언어의 불완전성도 믿지 못한 채, 확신의 찬 언어들을 구사하며 나를 구원해줄 것처럼 굴었던 사람들에게 빠져들었던 과거의 나 자신을 비난하기를 멈췄다. 고통을 애착 인형처럼 움켜쥐고 그것 없이는 아무것도 쓰지 못할 것처럼 굴었던 과거의 나에게는 연민을 느낀다. 고통을 놓는다고 해서 고통이 제공해 주던 힘이 사그라드는 것은 아니다. 고통은 때로는 문학에 자양분이 되기도 하지만 문학은 고통을 늘리는 것에 쓰여서는 안 된다. 고통을 줄이려면 고통에서 태어난 텍스트와 대면해서 그것을 다각도로 이해하여 지속적으로 고통과 새롭게 관계를 맺어나가야 한다. 우리 안의 고통이 다 녹아내릴 때까지. 활자화된 글은 그럴 수 있는 힘이 있다. 작품은 작가가 펜을 놓을 때 끝나는 것이 아니다. 작가에게도 독자에게도 작품은 매번 다르게 읽히면서 끝나고 또 새롭게 시작된다. 우리가 텍스트와 지속적으로 관계를 맺고 시간차를 두고 같은 텍스트를 완전히 다르게 읽을 수 있다는 것은 언제나 매력적인 사실이다. 책이 늘 그 자리에서 우리를 기다려주기 때문에 그것이 가능하다. 그것은 책이 가진 놀라운 재능이다.

708

◎

쓰지 않은 결말

∿

이민진

2016년 『문예중앙』을 통해 작품 활동을 시작했다.
소설집 『장식과 무게』 등이 있다.

◎

　오늘 완당을 먹으러 갔다가 아빠의 입맛을 떠올렸어요. 일요일 점심마다 엄마에게 잔치국수나 칼국수를 끓이라고 하셨잖아요. 텔레비전에서는 〈전국노래자랑〉이 방영됐고, 우리는 간밤의 일을 뒤로하고 교자상에 둘러앉았죠. 전 아무 일도 없다는 듯이 국수를 먹는 우리가 부러 우스꽝스럽게 분칠한 출연자 같다고 생각했어요.

　'어차피 인생은 빈 술잔 들고 취하는 것.'

　아빠의 애창곡은 〈빈 잔〉,

　애주가인 아빠가 좋아할 수밖에 없는 가사죠.

기억은 무대와 비슷해서 조명에 따라 과거는 다르게 연출될 수 있어요. 어떤 대상을 바라볼 때, 우리가 물어야 할 건 대상에 관한 게 아니라 우리 자신에 관해서예요. 우리가 지금 어디에 있는지, 색안경을 끼고 있는 건 아닌지 혹은 특정한 각도에서만 응시하는 게 아닌지, 그런 질문들.

전 오랫동안 붉은 조명 하나만 켜둔 채 아빠를 무대에 세워두었죠. 마치 불타오르는 것처럼. 허기, 갈증, 믿음, 배신감, 적개심, 애잔함…… 아빠에게 품었던 복잡한 감정이 소진될 때까지요. 잔불에 후회와 미련의 씨앗마저 타버린 지금 제 안에는 딱히 감정이라고 할 만한 게 느껴지지 않아요. 아이러니하죠. 아빠와의 관계에서 기대와 의지가 없어진 덕분에 다른 이들과 동등한 조건으로 아빠를 보게 된 게. 지금 제가 서 있는 곳은 용서와 조금 다른 위치예요.

작년 10월 말, 아빠의 병상은 4인실 오른쪽 창가에 있었어요. 자연광 아래서 본 아빠는 큰아버지 같았어요. 어릴 적에는 큰아버지와 아빠가 닮지 않았다고 생각했는데 늙고 체중이 빠지니 판박이였죠.

그날 아빠와 저는 17년 만에 만난 거였어요. 하지만 대화를 나누진 못했죠. 아빠가 내내 잠들어 있었으니까요. 일부러 프로포폴을 주사해서 재우고 있다고,

언니가 아빠의 상태가 얼마나 위중한지 설명했어요. 깨어있는 매 순간이 고통이라니, 차마 깨울 수 없었죠. 전두 시간 넘게 간이침대에서 아빠를 지켜보다가 고모와 교대했어요. 면회가 보호자 외 1인만 가능했거든요. 고모가 가면 연락 달라고 언니에게 당부하고서 병원 내 카페에 자리 잡았죠.

그 무렵 저는 편집자에게 받은 교정지를 검토 중이었어요. 2월에 원고를 보낸 후 8월에 웹으로 발표한 소설인데 12월에 출간을 앞두고 있었죠. 어딜 가든 원고를 챙기는 건 습관이에요. 원고를 살필 여유가 없을 걸 알면서 그날 아침에도 무의식적으로 가방에 넣었죠.

제가 소설가로 활동하는 걸 아빠가 아셨는지 모르겠어요. 아마도 언니가 아빠에게 말했을 것 같은데 구체적으로 어떤 일인진 모르실 거예요.

제가 하는 일을 단순하게 설명하면 병실에서 언니와 아빠의 핸드폰에 저장된 사진을 보면서 아빠의 지난날을 헤아린 것과 비슷해요. 고깃집에서 찍은 사진이었죠. 불판 옆에 놓인 생일 케이크를 보면서 아빠는 웃고 있었어요. 아빠 곁에는 가족 대신 가족 같은 친구들이 있었고요. 아빠는 어떤 마음으로 웃었을까? 잠시 생각에 잠긴 것처럼 소설을 쓰는 건 제가 알지 못하는 사람과 인생을 추측과 상상으로 채워나가는 일이에요.

교정지에는 교정부호와 질문, 제안이 가득해요. 전

교정지를 보면서 제 선택을 하나하나 재검토하죠. 교정지를 받을 때마다 낙제생이 된 기분이 드는 건 단지 기분일 뿐인 게, 제가 하는 일은 정답이 없거든요. 다만, 같은 이유로 스스로 시험에 들게 돼요. 제 선택을 의심하고 나은 대안이 없는지 고심하죠. 시험시간이 끝날 때까지 혼자 남아 감독관을 기다리게 만드는, 이젠 그만 손 떼라는 경고에 울먹이며 펜을 내려놓는 학생처럼 편집자에게 정말 안 된다는 말을 듣고 나서야 수정을 멈춰요.

마감이 임박해 원고를 검토하는 긴박감과 조급함, 지금까지 쓴 내용을 훑으며 수정할 게 없는지 찾는 기분은 아빠도 잘 아실 거예요. 아빠가 언니에게 연락한 것도, 제가 아빠를 면회하러 간 것도 그 때문이었으니까요.

폐암 말기, 길어봤자 반년 정도 남았다는 소식을 전해 듣고도 저는 바로 아빠를 만나러 가지 않았어요. 만나서 무슨 말을 해야 할지 알 수 없었거든요. 생각할 시간이 필요했죠. 차일피일 미루다 보니 성큼 한 달이 지났어요. 중간에 아빠는 응급수술을 받았고요. 의식이 있을 때 보려면 지금 당장 내려와야 한다는 언니의 최후통첩을 받고 나서야 전 청주행 버스에 탔어요. 병원 입구에 들어서면서도 무슨 말을 해야 할지 갈팡질팡했는데 잠든 아빠의 손을 잡으니 알겠더라고요. 아무리 시뮬레이션을 돌려도 소용없는 일이었다는 걸.

만남,

우리에게 필요한 전부였죠.

카페에서 전 아빠를 기다리며 교정지를 읽었어요. 집중할 리 만무했죠. 테이블 위에 원고를 펼쳐둔 채 친구와 통화하고, 병원 내부를 오가는 사람들을 구경하다 보니 세 시간이 흘렀어요. 그리고 마침내 언니에게서 연락이 왔어요. 그사이 아빠를 중환자실로 옮겨서 면회가 불가하다고.

궁금한 게 있어요.

선택권이 있다면 아빠는 어떤 죽음을 맞고 싶었나요?

인생의 어느 시점에, 어떤 장면으로.

*

제가 소설을 발표하기 시작했을 무렵의 일이에요. 먼저 활동한 제 친구는 편집부에 원고를 보내고 침울한 제게 조언했어요.

"고칠 기회가 있어."

이번이 끝이 아니라는 말이 맞았어요. 교정하면서 수정할 수 있고, 기 발표작은 소설집을 묶으며 고칠 수 있죠. 증쇄할 때 출판사에 수정을 요청할 수 있고요. 수정할 기회가 있는 게 얼마나 다행인지, 퇴고는 지루하고, 지난하고, 지겨운 작업이지만, 앞선 실수와 과오를 떠올리면 지긋지긋한 과정이 소중할 수밖에 없어요. 하지만 시간이 넉넉해도 사실상 수정할 수 있는 영역은 한계가 있어요. 이야기의 정체성이라고 할 만한 부분을 바꿔버리면 다른 소설이 되어버리니까요. 그러니까 퇴고의 어려움과 묘미는 수정 불가능한 조건, 바로 그 지점에 있어요.

퇴고하면서 가장 많이 하는 질문은 이거예요.

언제 멈춰야 할까.

아무리 수정해도 수정하고 싶은 부분이 남아있거든요. 저는 지금까지 소설을 한 번도 완성해 본 적이 없어요. 그저 중단할 뿐이죠. 물리적인 시간과 에너지만 있다면 남은 평생 한 작품만 고치는 것도 가능할 것 같아요. 하지만 경험상 계속 수정한다고 작품이 나아지는 건 아니에요. 소설을 고치는 과정에서 어느 분기점을 지나면 손댈수록 엉망이 되는 경우가 많거든요. 그러면 날짜별로 원고를 저장해놓은 폴더에 들어가 수십 개의 버전 중 하나를 골라요. 실은 쓰는 도중 어디서 멈춰야 할지 직감하지만, 제 감이 틀릴 때도 있거든요. 그래서 전 매번 멀리 갔다가 되돌아오는 방법을 택해요. 어디서 멈추는 게 좋은지 확신하기 위해서.

그러나 소설을 쓰는 것과 현실은 다르죠.

아빠와 전 너무 멀리 갔고, 되돌아갈 수 없어요.

제가 아는 아빠는 누구보다 살려는 의지가 강한 사람이에요. 길어봤자 반년, 사실상 사망선고를 받고 나서도 항암치료를 받고 싶다고 하셨죠. 사채업자에게 협박받고 도망 다닐 때도, 가족이 모두 떠나 혼자가 돼서도, 아무리 절망적인 국면에서도 아빠는 살고 싶어 했어요. 전 그런 아빠를 보면서 너무 열심히 살지 말자고 다짐했어요. 아빠의 무자비한 폭력이 발버둥처럼 보였던 순간들이 있거든요.

그런 아빠의 생사가 언니와 제게 맡겨졌어요. 언니와 전 아빠의 죽음을 두고 계산했어요. 응급수술비, 입원비, 간병인 비용, 중환자실로 옮긴 후 병원비는 기하급수적으로 늘었는데 이혼한 새엄마가 보험사에서 받은 암 진단비를 주지 않아서 우린 그녀와 다퉈야 했어요. 아빠는 왜 그 돈을 그 여자에게 줬을까. 언니와 전 궁금했어요. 아빠가 우리에게 짐이 되지 않기 위해서 그 여자에게 모든 걸 맡긴 거라고, 언니는 다소 낭만적으로 해석했는데 전 아무래도 동의할 수 없어서, 슬퍼하려 해도 슬퍼하게 내버려두지 않는다며 우리가 처한 상황을 두고 우스갯소리를 했죠.

결국 언니와 전 연명치료를 거부하기로 했어요. 동의서에 서명하려고 병원을 재방문한 날이었어요. 담당의가 갑자기 임종을 준비하라고 하면서 상황이 반전됐죠. 언니가 퇴근 후 도착할 때까지 아빠를 붙잡아두기 위해 온갖 수단을 동원했어요. 그리고 아빠가 세상을 떠나던 순간, 모두 함께 있었죠.

아빠와의 재회 그리고 사별.

모든 게 일주일 사이에 벌어졌어요.

*

유령은 되돌아온 자revenant를 의미해요. 온전하게 죽지 못했기 때문에 삶과 죽음의 경계선 근처를 배회하면서 삶의 온기를 탐하는 자. 오래전 미셸 투르니에의 산문집을 읽다가 메모한 내용이에요.

지금 아빠가 제 앞에 있는 건 아빠가 제 안에서 온전하게 죽지 못했기 때문일까요?

*

아빠가 돌아가시고 전 아빠를 생각할 여력이 없었어요. 당장 새 수건과 물컵이 없어서 빨래와 설거지부터 해야 했어요. 밀린 회사 업무에 아빠의 죽음으로 처리해야 할 일이 많았죠. 사망신고, 은행 계좌와 인터넷, 핸드폰 해지, 각종 요금 정산, 상속 포기 신청 같은 것들요. 그 와중에 전 틈틈이 교정지를 봤어요.

작년 내내 그 소설은 잊을 만하면 돌아왔어요. 재작년 겨울부터 쓰기 시작해 2월에 원고를 보냈는데 8월에 웹사이트에서 공개를 앞두고 결말을 대폭 수정했죠. 고작 두 달이 지났을 뿐인데 저는 한 번 더 소설의 결말을 바꾸고 싶었어요.

길을 걷다가 저도 모르게 멈췄어요. 아빠가 임종하던 장면에서요. 사람의 감각기관 중 청각이 제일 마지막까지 남아있다고, 의사가 마지막으로 아빠에게 하고 싶은 말을 하라며 자리를 비켜줬어요. 언니는 대성통곡하면서 모든 걸 용서할 테니 편안히 가라고 했어요. 사랑, 그 단어도 여러 차례 말했죠. 형부도 무슨 말을 했는데 정확히 기억나진 않아요. 아마 언니를 잘 보살피겠다는 얘기 아니었을까요? 그리고 제 차례가 왔어요. 언니가 아빠 발치께 있던 저를 머리맡으로 잡아끌고는 아무 말이든 하라고 재촉했어요. 모두의 시선이 제게 향했죠. 전 가까스로 입술을 뗐지만, 아무 말도 할 수 없었어요. 17년간 쌓인 말들이 일시에 솟구쳐 목구멍이 꽉 막힌 것 같았거든요. 제가 무슨 말을 해야 하는지 알았지만(용서와 사랑, 아마도 언니가 썼던 단어와 상동하겠죠.) 그럴 수 없었어요. '그들은 행복하게 살았습니다.'와 같은 작위적인 문장으로 아직 결말이 한참 남은 이야기를 끝내라는 강요 같아서. 전 상황에 굴종하기 싫었어요. 그게 아빠의 죽음이어도. 기어코, 일전에 언니에게 들은 이야기에서 찾아냈죠. 한밤중 아이처럼 무서워하며 언니를 찾는다는 아빠에게 할 수 있는 말, 눈앞에서 죽어가는 한 남자, 아빠가 아닌 사람에게도 할 수 있는 말.

"무서워하지 마."

아빠는 모스부호 같은 기계음으로 대답했어요.

더 나은 마지막 문장이 있을까요? 그 의구심이 제 안에서 어떤 작용을 일으킨 것 같아요. 소설에서 다른 결말이 가능할 것 같은데 구체적인 장면이 떠오르지 않으니 일단 써보는 수밖에요. 여지가 남은 소설은 온전하게 끝나지 못한 작품이니까요. 온전하게 끝난다는 게 정확히 무엇인지는 모호해요. 다만, 결과물로서의 '형태'가 아닌 건 분명해요. 어쩌면 제 기분에 불과할지도 몰라요. 제가 소설 속 세계를 얼마나 헤맸는지에 의해 결정되는 것 같거든요. 제가 아직 가보지 않은 길이 남아있다면 그 이야기는 온전하게 끝나지 못한 거예요. 다른 길이 없다고 여겨질 만큼 이야기의 갈래를 살살이 헤매야 소설이 멈춰야 할 적당한 지점이 보이니까요. 제가 편집자에게 사정해서 연장한 일주일은 새로운 결말을 쓸 시간이 아니었어요. 실패해 볼 시간이었죠.

만약 의식이 있었다면 아빠는 제게 무슨 말을 했을까요?

결코 알 수 없는 일인데 저는 알 것 같아요.

*

아빠는 일찍이 묫자리를 사뒀으면서 영정사진은 준비해 두지 않았어요. 어쩔 수 없이 장례에는 10년도 지난 사진을 사용했죠. 전 그조차 아빠답다고 생각했어요. 어찌 보면 묘는 죽어서 살아갈 자리잖아요.

그러고 보니 장례식에서 웃긴 일이 있었어요. 20년 사이에 비구니가 된 사촌 언니가 아빠의 영정사진을 가리키면서 저기 아빠의 귀신이 있다고 했어요. 언니의 말대로 아빠가 정말 거기에 있었다면 이미 알고 계시겠죠. 나중에 엄마는 그 일을 전해 듣고 질겁했어요. 집에 귀신을 내쫓는 족자가 있으니 가져가라고 하고선 그새 잊어버렸나 봐요. 나중에 누가 그 얘기를 꺼내면 집 안 어딘가에 있을 족자를 찾겠죠.

일 년 내내 붙잡고 있던 원고는 예정대로 12월에 출간됐어요. 결국 결말을 수정해서요. 출간 후 저는 그 소설을 읽어본 적이 없어요. 쓰는 동안에는 소설 속 세계에 사는 것처럼 소설 이외의 것들이 아득한데 지난 소설은 그리 몰두한 게 믿어지지 않을 만큼 희미해요. 시간이 지나 자동으로 로그아웃된 것처럼요. 얼마 전에는 누가 그 소설을 읽었다고 말을 건네와서 서둘러

화제를 돌렸어요. 순간 제가 뭘 썼는지 기억나지 않았거든요. 이제는 정말 끝난 것 같지만, 저는 다시 그 소설을 펼쳐야 할 거예요. 소설집을 묶을 때쯤요. 그 이야기에 제가 미처 알아채지 못한 샛길이 남아있을까요? 조사든, 접미사든, 쉼표든, 결말이 같더라도 앞선 원고와 분명 다른 부분이 있겠죠. 똑같은 문장이어도 마지막 문장을 쓰는 기분은 비슷할 테고. 여느 마지막이 그렇듯, 모든 게 엉망진창인, 대체 어디부터 잘못된 건지 처음부터 이야기를 곱씹어도 다시금 지금의 결말에 이르는, 새로 쓰는 수밖에 없다고 느껴지는 막막함 속에서 저는 거듭 빈 잔을 채울 거예요.

늘 그렇듯 조금 흘러넘치게.

709

◎

유구와 다나

〜

이지

2015년 『한국일보』 신춘문예를 통해 작품 활동을 시작했다.
소설집 『나이트 러닝』, 장편소설 『담배를 든 루스』,
『노란 밤의 달리기』 등이 있다.
〈중앙장편문학상〉을 수상했다.

◎

　　내 잘못은 아니다. 언제나 거의 모든 게 내 잘못은
아니라고 생각하는 편이지만, 이번엔 특히 더 그렇다.
『녹을 때까지 기다려』라는 제목의 소설집을 택배함에
서 꺼냈을 때 나는 기쁨보다 먼저 올라온 당혹감에 여
러 변명을 생각했다.(이 책은 기후위기나 빙하에 대한 책
은 아니다. 나를 포함한 다섯 명의 작가가 디저트를 소재로
쓴 '달콤한' 소설집이다.) 그 이유는 가볍고, 산뜻하고, 아
름답고, 가끔은 지적이기도 한 다른 네 작가의 소설에
비해 내가 쓴 「라이프 피버」는 제목처럼 뭉근하고 뜨끈
한 열기를 내뿜고 있었기 때문이다. '슈톨렌'을 소재로

한 이 단편은 열정적인 자발적 디아스포라에 대해 다루고 있다고 생각했는데 그게 맞나? 싶었고 종국에는 아무것도 알 수가 없게 되었다.

편집자 P의 야심이 돋보이는 어여쁜 핸디 북을 들고 나는 근심에 휩싸였다. '이렇게 극사실주의 작가가 되어 가는 건가? 역행해서 근대적 가족주의에 머무는 건가? 그래서 이게 내 마지막 발표작이 될 건가?' 실은 그렇게까지 고통스럽지 않으면서 상당히 작가적인 포즈에 젖어있었다. 그리고 종국에는,

"이게 다 다나 씨 때문이야."

등장인물에게 앙탈을 부리기에 이르렀다. 귀엽게 말해서 앙탈이지 작가가 자신의 인물에게 이러는 건 반칙이다. 물론 다나는 말이 없다. 그건 마음이 넓거나, 내 소리에 수긍해서가 아니라 대꾸할 가치가 없어서다.

"다나 씨가 나타나지만 않았어도 나는 녹아 없어지는 말랑하고 투명한 젤리 얘기를 쓰려고 했다고. 제목도 첫 문단도 완성이 된 상태였어."

다나는 머플러를 한번 휘릭 두르고는 일어나 미련 없이 뒤돌아가 버린다. 그 걸음걸이는 반듯하다.(다나는 다리가 약간 불편하다.) 그렇지. 그녀는 떠나는 캐릭터였지. 그렇지 않다 해도 소설 속 캐릭터들은 온전히 자신의 필요에 따라 움직인다. 내 말대로 움직여주는 경우는 별로 없다.

"무엇이든 좋아요. 원하는 걸 쓰세요. 소재는 거들 뿐이죠."

'디저트'라는 말랑하고 산뜻하고 녹기 쉬운 소재로 앤솔러지 청탁을 받았을 때, 나는 말랑하고 산뜻하지만 녹지 않을 그런 소설을 쓰기로 마음먹었다. 의식 없이 결심 없이 읽을 수 있는 소설. 그리고 충분히 그럴 수 있을 거라 생각했다. 거기엔 몇 가지 이유가 있는데 일단 내가 디저트에 꽤 적합한 인간 유형이라는(잘못된) 믿음, 그리고 전작 단편 「우리가 소멸하는 법」의 끝나지 않은 얘기를 녹아버리는 젤리에게 기대 써보겠다는 속셈이 있었기 때문이다.

그렇다고 대책 없이 그들을 소환한 건 아니다. 「우리가 소멸하는 법」의 후속을 쓰려는 이유는 다분히 유구 때문이었다. 분명히 다 쓴 소설인데 시도 때도 없이 출몰해서 무언의 압박을 해오는 등장인물. 통상 소설을 탈고하면 시원섭섭한 마음으로 발을 뻗고 잠들곤 했는데, 이 소설은 쓰고부터가 고난이었다. 출구 없는 림보에 빠진 기분이랄까. 끝났지만 끝난 게 아닌 상태. 체크아웃한 호텔 방에 뭔가 중요한 것을 두고 나온 것 같은, 그런데 그게 뭔지 모르겠어서 늘 뒤통수가 당겼다.

그런 이유로 나는 새 소설에 유구와 기여를 불러냈다. 디저트 소설이야. 원하는 걸 말해봐. 다 해줄게. 엄밀히 따지면 끌어들이는 게 아니라 새로운 기회를 열어 줬달까? 그렇게 나는 이미 존재하는 인물들을 캐릭터에 힘입어 '쓸쓸함과 앙금들'이라는 제목의 사랑스러운 소설을 써 내려가기 시작했다. 완성되지 않은 글이 최고의 글이고, 태어나지 않은 인간이 가장 사랑스러운 법이니까.

하지만 이는 결코 산뜻한 시작이 아니었다. 엘렌 식수였던가. '글을 쓰는' 즉시, '글을 쓴다고 생각하는 즉시' 우리는 의구심에 휩싸이고, 길을 잃고, 우리 자신이 아니게 된다고 한 작가가. 식수의 멋진 말들은 나와 별로 상관이 없는데, 이런 혼돈들만은 어김없이 맞아서 떨어진다. 맞다. 나는 유구와 함께 방에 갇혀 길을 잃었다. 분명히 유구와 기여와 함께 버스를 타고 바닷가로 갔는데, 거기까지 우리 셋은 매우 좋았는데 다음부터 삐걱거리기 시작했다.

기여가 바다에 들어가야 하는 타이밍만 되면 뭔지 모를 힘에 부딪쳤다. 프로그램은 수시로 버퍼링에 걸렸고, 잠들어 버린 노트북 때문에 몇 번이나 원고를 날렸다. 그러다 가까스로 이것저것 정상화된 날에는 급작스럽게 이사가 결정 났고, 코로나까지 걸린 채 나는 고양이 두 마리와 힘겨운 이사를 해야 했다. 정말이지 쓸쓸함이고 앙금이고 간에 드러누워 버렸다.

그리고 그때 다나를 다시 만났다. 잊었다고 생각

했던 그녀가 천연덕스럽게 내 앞에 앉아 입에 생크림을 묻히고 앉아 있었다. 그날 그때의 그 카페에서처럼. 훗날 책임을 전가하는 존재가 될 줄 모르고 그때는 덥석 그녀를 받아들인 것이다.

언제나 쉬운 길을 선택하고, 그로 인해 길게 고생하는 게 내 루틴인 것 같다. 그런 것도 루틴이 될 수 있다면.

다나. 2020년 겨울. 슬로베니아 수도 류블랴나

다나 씨에 대해 말해보자면, 처음 만나게 된 건 일단 겨울의 류블랴나였다. 유럽의 겨울은 이상하게 추웠다. 이상하게 추웠다는 말은, 추운 것 같지 않게 춥다는 거다. 한국처럼 살이 찢어지는 추위는 아니지만, 뭔지 모르게 뼈가 깊숙이 아려왔다.

내가 지젝의 나라 슬로베니아에 가게 된 건 국가 레지던스 프로그램에 지원했기 때문인데, 슬로베니아라는 나라에 대해 엄청 잘 알았던 건 아니었고(서울에 온 지젝의 강연을 여러 번 듣기는 했지만 세상의 모든 학자는 책으로 만나는 편이 더 자연스럽다.) 그냥 유럽에 가고 싶었던 게 맞다. 그래서 류블랴나 대학에 배정이 되었을 때 매우 기뻤지만, 안타깝게도 코로나 바이러스가 전세계를 휩쓰는 바람에 외국행은 엄두를 내지 못했다.

(아무 데서도 오는 걸 환영하지 않았다.) 그때 우리는 모두 카뮈의 『페스트』를 다시 읽었으며, 줌^{zoom}이라는 신세계에 빠졌다. 그리고 홀로 지내는 것에 다들 익숙해졌고, 불륜이 역대 최대로 줄어들고 있었다.(고 들었다.)

코로나는 끝나지 않았지만 국가사업인 연유로 레지던스 프로그램 참가 자격이 해가 지나면 무효가 된다는 연락을 받았고, 나는 거의 목숨을 걸고 유럽행 비행기에 몸을 실었다.(보통은 취소를 한다.) 류블랴나에 가려면 뮌헨을 경유해서 들어가는 게 맞지만 뮌헨보다는 암스테르담이지, 라고 생각한 나는 KLM을 선택했고 지금까지도 후회하지 않는다. 경유지에서 두 시간 들른 스키폴 공항에서 모코 갤러리까지 가던 길은 아직까지도 가장 여행스러웠던 장소로 각인되어 있다. 어디든지 반나절만 있으면 황홀한 법이다.

초겨울에 도착한 류블랴나는 추웠지만 아름다웠고 울퉁불퉁한 돌바닥 걸을 때 오는 그 불균형감은 이상하게 기분이 좋았다. 드라마에서 보던 성당과 밤이면 따그닥 따그닥 말을 타고 돌아다니는 경찰관들은 무섭기보다 롯데월드에 있는 안전한 기분을 선사했다. 작은 동네라 길을 잃어도 결국은 아는 곳이 나왔으며, 엘리베이터가 없는 낡은 아파트들도 외국인에게는 낭만적이었다.

앞서 말했듯 뼛속까지 아리는 추위였지만 나는 한

적한 유럽을 느끼기 위해 매일 아침이면 외출을 했다. 웬만해서는 고칠 수 없는 유럽병은 노천카페에서 무릎 담요를 덮고 후드를 뒤집어쓰고라도 에스프레소를 마시는 증상으로 나타났다. 설탕을 두 스푼 넣고 녹기 전에 호로록, 쓴맛, 신맛, 그리고 마지막은 단맛. 버스를 타면 국경을 넘어 트리에스테에 가서 '일리 1호점'의 진짜 에스프레소도 맛볼 수 있는 황홀한 날들이 펼쳐졌다. 스위스까지 가지 않아도 알프스를 실컷 볼 수 있는 곳.

나는 류블랴나 시내를 벗어나 작은 동네들을 휘적 휘적 걷기도 했고, 탭 워터 주세요, 라고 하면 쉽게 발동되는 인종차별을 피하기 위해(인종차별은 아닐지도 모른다.) 와인을 마실 수 있는 혀로 점점 거듭나기도 했다. 어떤 날은 동네 양조장에서 할아버지들과 와인을 나눠 마시기도 했고, 내친김에 와인 수업에 신청도 했다. 모르는 말로 하는 연극을 관람 했으며, 옆집 한국어 선생님 수업 준비에 열정을 보이면서 기쁜 마음으로 달고나와 김치 같은 것을 만들었다.

하지만 축제는 짧아야 제맛인가. 그렇게 류블랴나에 살려고 태어난 사람처럼 이국의 생활에 젖어 지낼 때 매일 가던 그 노천카페에서 다나와 마주쳤다. 입술에 생크림을 묻히고 씨익 미소 지었다. '드디어 만났구나' 그 특유의 표정을 지으며. 그날부터 유럽은 더 이상 꿈의 유럽이 아니었다. 다나가 내게 체크인을 한순간

나는 자유롭지 못한 신세가 된 것이다. 안 만난 사람을 만났다고 할 수는 있는데, 만난 사람을 안 만났다고 우기기는 좀 힘들다.

이왕이면 좀 더 드라마틱한 인물을 만나고 싶었는데, 다나는 밍숭맹숭한 편이었다. 대의도 정의도, 드라마틱한 상처도 좀처럼 엿볼 수 없었다. 어딘가 조금 눌려 보이는 중키에 탈색머리의 동양인 여자는 내게 크게 어필되지 못했다. 물론 나는 선택권이 없다. 그날부터 다나는 산책하는 나에게, 누워 있는 나에게, 게임을 하는 나에게, 전시를 오붓이 보고 있는 행복한 나에게, 다가왔다. 아이스크림을, 크렘나 레지나를 먹고 있는 내 입을 한없이 바라보기도 했다. 나는 그곳을 떠날 때까지 줄기차게 모른 척했다. 그게 내 방식의 관찰이었다.

모든 인물에게 곁을 내어줄 필요는 없다. 그들은 자기를 봐달라고 아우성이지만 소설이 끝나면 언제 그랬냐는 듯 거만해진다. 아니 거만은 그래도 나를 동등한 세계의 존재로 인정할 때 나오는 높낮이에 관련된 단어니 차라리 아름답다. 그들은 출구 없는 곳에서 자기만의 삶을 살며 필요할 때만 나를 부른다. 다나도 그랬다. 그녀에게 귀 기울이지는 않았지만 확실한 한가지는 그녀가 모국어로 대화하고 싶어 했다는 점이다. 피진어가 아닌 진짜 한국어. 그러기엔 내가 제일 적합했던 모양이다.

인사는 했지만 거리는 좀처럼 좁혀지지 않았다. 아침이면 카페에서 담요를 가끔 나눠 덮었지만 밤이면 헤어졌고, 내가 자그레브에 방문하거나 파리의 피노에서 벽을 뚫은 쥐를 보며 감탄할 때면 오간데 없이 사라지기도 했다. 원래 없던 사람처럼 말이다.

삼 개월 동안 지젝은 못 만났지만 지젝 전문가인 한국인 교수님을 만났고, 슬로베니아어나 영어는 결코 늘지 않았지만 고급 한국어 구사자라는 자신감에 사로잡혔다. 함께 미사를 드리면 사랑이 반드시 이뤄진다는 성당에서 홀로 크리스마스와 새해를 보내며 자신과의 사랑을 굳건히 맹세하기도 한 나는 꿀 한 병과 깨알 같은 추억들을 들고 서울행 비행기에 올랐다. 네 칸짜리 이코노미석 가운데 게르만족 남성 옆에 껴서 한숨도 자지 못한 채. 그리고 그때 다나와 완전히 헤어졌다고 생각했다. 코로나로 인해 비행기 한 대에 사람을 다 채워 떠났는데 그곳에 다나는 없었기 때문이다.

'암 그렇지. 대단한 사연도 아닌 거 같던데 바다까지 건널 필요야 있나.'

하지만 오산이었다. '쓸쓸함과 앙금들'이 쓸쓸함이나 앙금이거나로 박제되던 무렵 다나가 회심의 미소를 짓고 문을 두드렸다.

"모국어가 필요해."

유구. 2019년 8월. 경주 무덤 위

결국 다나와 함께 「라이프 피버」를 끝냈다. 유구처럼 한 번에 말을 쏟아내는 타입이 아니라서 조금 더뎠다. 이해하는 데에도 좀 더 오랜 시간이 걸렸던 것 같다. 하지만 확실히 소설이 끝났다는 안도감이 있었다.

그리고 나는 마무리 하지 못한 소설을 펼쳤다. 시간이 지나서일까. 나는 중요한 한 가지를 깨달았다. 친구가 바다에 들어가 녹아 없어질까 두려워하는 유구의 모습을 발견한 것이다. 그렇게 진전될 바에는 써지지 않는 편이 나았던 걸까. 안간힘을 써서 소설을 막아낸 셈이다. 인물들은 소설을 써달라는 떼만 쓰는 게 아니라 쓰지 말라고 애를 쓰기도 했다.

나는 정말 그랬던 걸까. 소설을 그저 후딱 아름답게 끝내고 싶은 마음에 인물을 바다에 버리려고 한 걸까. 반성은 지겹지만 후회보다는 나으니 찬찬히 생각해볼 일이었다. 다행히 소설은 원고지 50매에 머물러 있고 작중 인물 누구도 사라지지 않았다.

유구를 처음 만난 건 지구가 곧 타버리는 게 아닐까 싶게 뜨겁던 어느 여름이었다. 이런 기온이라면 지구가 타기 전에 인간이 먼저 찐만두가 될 것 같았다. 그런 온도가 지금까지 계속될 거라는 사실을 그때는 몰랐기에 비상상황이라는 생각마저 들었다. 그때 나는 어느 무덤가, 아마도 어떤 왕릉에 있었던 것 같은데, 내 앞에 조그마한 단발머리 여자애가 큰 백팩을 메고 걷고 있었다. 작은 체구인데다 배낭이 무거워서 뻘뻘거리며 걸었지만 속도는 좀처럼 붙지 않았다.

어쨌거나 나와는 상관없는 사람이라고 생각했다.

"나는 유구라고 해."

맹세컨대 먼저 말을 건 건 내가 아니었다.

"속죄하기 위해서 걷고 있어."

듣고 싶지 않은 말이 들릴 때 나는 눈을 질끈 감고 그 앞을 빠르게 지나치거나, 반대 방향으로 도망치곤 했다. 왜냐하면 남의 말 듣는 걸 별로 좋아하지 않기 때문이다. 특히 모르는 사람. 경청의 미덕을 모르는 건 아니지만, 아무래도 내가 떠드는, 그러니까 주인공인 편이 더 신난다.(맞다. 자아는 비대하고 타인에게 큰 관심이 없는 나르시스트가 나다.)

하지만 그날은 너무 더워서 앞질러 갈 수도, 도망갈 수도 없었다. 결국 우리는 더위를 식히기 위해서 나란히 앉아 미지근한 물을 나눠 마셨다. 그렇게 유구와의 인연이 시작되어 교호와 기여도 알게됐다.

나는 매미와 유구와 기여와 폴렌타와 바bar 부에나비스타 소셜클럽과 컨테이너와 꽃과 경비원 아저씨와 죽은 교호가 나오는 글을 썼고, 꽤 슬펐고 많이 행복했다. 유구의 바람대로 나는 그들 속으로 들어가 함께 지냈다. 그것이 최선이었고, 당연히 그런 시간은 더 주어지지 않을 줄 알았다. 오죽하면 제목이 '우리가 소멸하는 법' 아니겠는가. 그런데 끝난 줄로 안 이 소설은 비로소 그게 시작점이었다. 그들의 마음은 아직 끝나지 않아서 지금까지도 내 곁에 서성댄다.

"그렇다고 우리를 녹여 없애라는 건 아니었어."

내게는 함부로 누군가를 없앨 권한이 없다는 걸 안다. 그래서 나는 유구에게 사과했다. 친구를 함부로 없애려고 해서 미안해. 하지만 그때는 그게 좋은 방법이라고 생각했어. 라고 쉽게 말하지는 않는다. 사과에는 행동이 동반되어야 한다. 우리의 사과는 다시 쓰기다. 다만 다 쓴 소설과 쓰다 만 소설을 같은 폴더에 두고 있다. 끝났지만 끝나지 않은 말들, 그리고 미처 끝내지 못한 말들이 그 안에서 숨 쉬고 있다. 그들에게 나는 다시 잘 들어보겠노라고 속삭인다.

언제나 무거운 배낭을 메고 다니는 한여름의 유구.

언제나 반듯하게 걸으려고 애쓰는 한겨울의 다나.

내가 반쯤 걸친 세계에서 온몸으로 세상을 살아내고 있는 그들은 어쩌면 그저 행간일지도 모르겠다.

세상의 모든 것은 결국 끝과 시작이 있다. 하지만 그 속도만은 공룡의 몸매를 그려내는 것처럼 느릴 수도 있다. 오래오래 그려도 그려도 끝나지 않는 일들.

끝나지 않은 채로 오래 있는 것은 참 좋은 일이다.

리스펙토르의 말대로 가장 좋은 건 아직 쓰이지 않은 것일 테니까. 행간에 있는 그것.

유구에게 조심스레 말해본다.

"이번에는 녹지 않는 것들에 대해 말해볼까 해."

710

◎

음악적인 결말

∿

민병훈

2015년 『문예중앙』을 통해 작품 활동을 시작했다.
소설집 『재구성』, 『겨울에 대한 감각』,
장편소설 『달력 뒤에 쓴 유서』가 있다.

◎

작품이 끝나는 순간은, 그 소설이 내 몸에서 완전히 분리되어 스스로 독립되었다는 느낌을 받는 순간이다. 그것을 바라보며 낯설고 생경한 느낌을 감각하는 시간. 그리고 그 시간이 지나면 이제 새로운 소설을 써야겠다고 생각한다. 그러므로 내게 소설이 끝나는 순간은, 새 소설에 대한 생각을 시작할 때이다.

그리고 그 사이에는 언제나 어떤 음악들이 있었다.

*

2019년 가을 베를린에 한 달간 머물렀을 때 너무 많은 우연이 쏟아졌다. 정처없이 걷다가 지도에는 없던 세컨드숍을 만났고, 비를 피하기 위해 달려간 나무 아래에서 처음 보는 사람과 대화를 나누기도 했다. 시간을 장악하려던 시도를 포기하고 계획에 대한 강박을 버리자 매일 새로웠다. 사실 베를린에 도착한 후 열흘이 지날 무렵부터는 한국에 가고 싶어 울적했다. 내가 여기 왜 왔지……. 여기 사람들은 옷도 시커먼 것만 입고……. 유럽에 간 건 처음이라 신경이 날카로웠고 불안한 날들의 연속이었다. 나는 큰 착각을 하고 있었는데, 내가 그들을 신경 쓰는 만큼 그들은 나에 대해 전혀 신경 쓰지 않는다는 점이었다. 각자가 남보다 자신에게 집중했고, 그러지 않을 땐 타인을 존중했다. 필요 이상으로 친절할 필요도, 눈치볼 필요도 없었다. 나는 어느 순간 그 사실을 깨달았고, 그때부터 사람들을 의식하지 않았다. 나아가 베를린이라는 도시 자체를 의식하지 않는 지경에 이르렀다. 어쨌거나 여러 우연을 받아들이며 하루하루를 보냈다. 베를린 필하모니 Philharmornie Berlin에서 공연을 본 것도 그런 우연 중에 하나였다.

당시 나는 첫 소설집인 『재구성』을 준비 중이었다. 책에 들어갈 원고를 캐리어에 챙겨 갔다. 발코니에 놓인 의자에 앉아 원고를 손에 들곤, 길 건너 불 꺼진 자연사 박물관을 멍하니 보다가 다른 생각에 빠지기도 했다. 5년간 여러 지면에 발표한 소설들을 모아서 보니, 그간 지나간 시간들이 겹겹이 쌓인 것처럼 느껴졌고, 마냥 즐겁거나 행복하지만은 않았던 순간들이 떠올랐다. 책으로 출간된다는 것은 이제 그 시간들이 하나의 물성으로 고정되어 어떤 방식으로든 현실에 위치하게 되는 것이라고 생각했다. 그래서 나는 잘 끝내고 싶었다. 이제 다른 시간으로, 다른 소설로 나아가기 위해서. 슈프레Spree강은 그런 추상적인 생각을 머릿속으로 전개하기에 어울렸다. 그리 넓지도 좁지도 않은 운하를 따라, 해가 질 때면 사람들이 모여 걸터앉아 강물을 바라봤다. 나는 이른 아침에 일어나 밤이 될 때까지 매일 강가를 걸었다. 항상 어딘가로 출발했고 어딘가에 도착했다. 그렇게 걷다가 우연히 들어간 곳이 바로 베를린 필하모니였다.

나는 클래식 음악에 문외한이며 지금도 마찬가지다. 자주 듣지도 않았을뿐더러 그 세계를 알기 위한 엄두도 나지 않는다. 다만 마침 건물 앞에 사람들이 줄지어 서 있었고, 무슨 일인지 궁금했고, 이유를 묻자 현장에서 판매되는 공연 티켓을 구하기 위해 대기 중이라는 사실을 알게 됐다. 가격이 비싸면 화장실에 들렀다가 돌아갈 생각이었지만, 몇 유로 되지 않는 값을 보곤 자연스럽게 매표소가 열리길 기다렸다. 나중에 알게 된 사실이지만 그날 판매된 좌석은 연주자들의 뒷 좌석, 그러니까 무대 위에서 지휘자를 마주 보게끔 마련된 자리였다. 미리 알았다면 사지 않았을 텐데……. 표를 건네고 건물 안으로 들어서자 필하모니의 상징인 오각형이 곳곳에서 보였다. 사람들이 코트를 맡기는 것을 보곤 순간 반바지 차림의 내 모습이 어색했지만 이미 이렇게 된 걸 어쩌나 싶었다. 공연 시작 전 사람들이 삼삼오오 선 채로 모여 음료를 마셨고 들뜬 표정을 보니 나까지 덩달아 설레는 기분이 들었다.

그날은 존 엘리어트 가디너John Eliot Gardiner라는 지휘자의 공연이 있는 날이었다. 나는 차례를 기다렸다가 안내를 받았는데 좌석 배치도를 보자 'Chior Seating'이라고 적혀 있었고, 말 그대로 합창단석이었다. 그래서 저렴했구나……. 좌석 구분 없이 일렬로 된, 등받이 없는 기다란 의자에 앉아 공연이 시작되길 기다렸다. 그러던 중 블랙 원피스를 입은 누군가가 다가와 옆자리에 일행이 앉는지 물었다. 나는 고개를 저었고 그가 앉는 동시에 공연이 시작됐다. 두 시간 남짓한 시간이 어떻게 흘러갔는지 모를 정도로 현장에서 직접 듣는 필하모니의 연주는 정신을 쏙 빼놓을 정도로 황홀했다. 나는 그간 어떤 음악을 듣고 감격을 느끼는 감정에 대해 전혀 알지 못했는데 공연이 끝나고 기립 박수를 치며 가슴 어딘가가 벅차오르는 것을 느꼈다. 특히 지휘자가 연주자와 눈을 마주치며 어떤 신호를 주는 순간을 정면에서 볼 수 있어서 좋았다. 공연 중간부터 합창단이 등장해 내 바로 앞에서 노래를 불렀다. 인터미션 때 옆에 앉은 사람이 말하길, 그중 한 명이 자신의 가족이며 그에게 말하지 않고 몰래 공연을 보러 왔다고 설명했다. 공연이 끝난 뒤 놀란 합창단원이 다가와 길게 포옹한 뒤 공연장을 빠져나갔다.

숙소까지 트램을 타고 이동하며 왠지 기분이 차분해지는 것을 느꼈다. 정확히 말하자면, 새 소설을 시작하고 싶었다. 어두워진 창밖을 보며 그곳에서 들었던 음악과 경험이 오래 기억되겠구나 하는 예감이 들었고, 나는 주로 그런 것들을 소설로 쓴다는 생각이 들었다. 숙소에 도착해 테이블 한편에 미뤄뒀던 원고를 늦은 새벽까지 읽었다. 새롭게 고치고자 다짐했던 문장들을 고치지 않았다. 그때의 내가 반영된 흔적과 얼룩을 그대로 남기고 싶었다.

나는 다음 날부터 소설집의 표제작이 된 단편소설 『재구성』을 쓰기 시작했다.

*

도쿄 아오야마에 위치한 재즈클럽 블루노트^{Bluenote}에 방문하는 것은 오랜 버킷리스트 중 하나였다.

도쿄 아오야마에 위치한 재즈클럽 블루노트Bluenote에 방문하는 것은 오랜 버킷리스트 중 하나였다.

올해 여름, 사진 촬영 업무차 도쿄에 일주일간 체류했다. 마지막 일정으로 후지산이 있는 야마나카코에 갔다가 도심으로 돌아가는 버스에 타기 전 충동적으로 공연을 예약했다. 사실 충동적인 건 아니었고……. 빡빡한 촬영 일정 중에 시간이 나길 호시탐탐 노리고 있던 중 마침 비가 내려 후지산이 보이지 않았다. 자연스럽게 카메라에 담을 풍경이 줄어 멀뚱멀뚱 서 있었고……. 일이 줄다보니 예상보다 일정이 빨리 끝나 기회가 생긴 것이다. 후지산을 직접 보지 못했다는 아쉬움이 들었지만, 공연 예약 확정 메일을 본 순간, 안개에 가려진 후지산은 더 이상 떠오르지 않았다. 안녕, 후지산……. 버스에 타기 전 후지산 모양의 키링을 샀다. 신주쿠 버스터미널에 도착해 동행과 헤어진 뒤 서둘러 지하철역으로 향했다.

블루노트에 가보기로 결심한 데에는 작년에 개봉한 애니메이션 영화 〈블루 자이언트〉의 영향이 컸다. 영화는 세계 최고의 재즈 연주자를 꿈꾸는 주인공이 도쿄로 향하면서 벌어지는 이야기를 담고 있다. 연주자들의 꿈의 장소로 블루노트가 등장하는데 그곳에 입성하기 위해 노력하는 인물들의 서사가, 어쩌면 익숙하다고 할 수 있는 전개였지만, 그것과는 별개로 영화에서 연주되는 모든 음악이 좋았다. OST 앨범을 질리도록 듣는 동안, 실제 그곳에서 직접 연주를 들으면 얼마나 좋을까 막연하게 상상했다.

오모테산도역에서 내려 명품 거리를 지나는 동안 길고 뜨겁던 해가 저물었다. 한여름의 도쿄는 밤이 찾아와도 한증막 속에 앉아있는 것처럼 습했다. 횡단보도에 서서 신호를 기다리는 사람들이 손으로 연신 부채질을 했다. 나는 흥분을 진정시키지 못해 발걸음이 빨라졌고 옷이 땀으로 젖어갔다. 전철에서 내리기 전 홈페이지에 들어가보니 운이 좋게도 마지막 좌석을 예약한 것이다. 무대와 가까운 좌석이라 꽤 비싼 금액을 결제했지만 아깝지 않았다. 내일 출국이라 쇼핑도 못하고, 더워서 식욕도 없고……. 이런 순간을 위해 열심히 돈을 버는 게 아닌가하고 생각했다.

건물에 도착하자 사람들이 이제 막 입장을 하는 중이었다. 입구 왼쪽에는 오늘의 연주자인 마츠이 케이코 Matsui Keiko의 포스터가 붙어 있었다. 급하게 예약을 하는 바람에 뮤지션의 이름을 그제야 확인했다. 사실 어느 누구의 어떤 연주를 들어도 좋을 것 같았다. 문을 열고 들어서자 블루노트에서 공연한 세계적인 재즈 뮤지션들의 사진이 천장과 벽에 걸려 있었다. 지하로 향하는 계단부터 전체적으로 조도가 낮아졌고 다른 공간감이 느껴졌다. 리셉션으로 가서 예약 메일을 보여주자 연필로 숫자를 적은 쪽지를 건네줬다. 담당 서버에게 쪽지를 보여줬다. 문이 열리며, 파란색으로 물든 공연장으로 입장했다.

　서버는 공연 한 시간 전부터 음식과 음료 주문이 가능하다고 말했다. 메뉴판을 훑은 사이 똑같은 테이블로 배정된 사람들이 의자에 앉으며 인사를 건넸다. 그들은 뜨내기 관광객인 나와 다르게 모든 행동에서 어떤 전문성이 느껴졌고, 여유롭게 주위를 둘러보며 공연장 분위기와 동화되고 있었다. 나는 맥주를 마시다가 앉은 채로 바지에 흘렸고, 카메라를 떨어뜨리고, 며칠 굶은 사람처럼 파스타를 오 분 만에 먹어 치웠다. 내 오른쪽에 앉은 사람은 일본의 작곡가 히사이시 조 Hisaishi Joe와 정말 똑같이 닮았는데, 종류별로 와인을 시켜서 천천히 음미하고 있었다. 서버들과 친한지 몇몇이 다가와 먼저 인사를 건네기도 했다. 나는 그 모습을 보면서 그의 하루를 상상했다. 그는 여러 해 동안 회사에서 일이 제대로 풀리지 않았고, 퇴근 후 불 꺼진 거실에 앉아 있는 것이 지루했으며, 이제는 잊었다고 생각한 어떤 활력과 설렘을 찾아 혼자만의 시간을 마련하기로 다짐한다. 그러다 젊은 날 자주 들었던 재즈 뮤지션들의 CD들을 보관해 둔 상자를 발견하고 불현듯 블루노트를 떠올린다. 그는 회사에는 입고 가지 않았던 고급 양복을 꺼내 입는다. 그렇게 시작한 첫 발걸음 이후 그는 금요일만 기다리고……. 그가 서버들에게 제일 듣기 싫은 말은 히사이시 조 닮았다는 말…… 이런 망상에 빠지는 사이 어느덧 공연 시간에 가까워지고 있었다.

공연 시작을 알리는 안내 방송과 함께 모든 조명이 무대를 향했다. 드럼과 베이스, 기타 연주자가 먼저 무대에 올라 인사 없이 각자 연주를 시작했다. 그들은 천천히 서로를 의식하며 어떤 방향으로 나아갔고 사람들은 자연스럽게 그들의 의도대로 고개를 흔들었다. 한 곡이 끝날 무렵 박수가 쏟아지고, 연주가 진행되는 동안 공연장 입구가 환해지며 주인공인 마츠이 케이코가 걸어 나왔다. 그는 사람들에게 손을 흔들며 무대에 올랐다. 곧바로 피아노 앞에 앉아, 자신이 없는 무대에서 이어지던 연주에 올라타 건반을 누르기 시작했다. 나는 그 연출에 입이 벌어지며 탄성이 절로 나왔다. 당장이라도 일어나 환호성을 지르고 싶을 만큼 몸이 들썩거렸다. 하지만 나를 제외한 사람들은 모두 익숙한 것처럼 보였다. 한 곡이 끝나고 그들은 정식으로 객석을 향해 인사했다. 마츠이 케이코는 오래전에 블루노트 무대에 섰던 기억을 말한 뒤 연주자를 차례대로 소개했다. 이후 여러 곡들이 연주됐다.

내가 앉은 객석은 드러머의 위치와 가까워서 그의 표정과 몸짓을 자세히 볼 수 있었다. 그는 연주 도중 실수로 드럼스틱 하나를 떨어뜨렸다. 당황하는 기색 없이 나머지 드럼스틱 하나로 연주를 이어나갔다. 이때 심장이 잠깐 멈췄던 것 같다……. 앞서 설명한 내 옆의 관객은 곡이 끝날 때마다 와인을 한 잔씩 마셨는데 자세히 보니 어느덧 여섯 잔이 쌓여 있었다. 그는 상기된 표정으로 머리를 흔들며 박자를 탔다. 나는 그 순간에 아직 구체적으로 표현할 수 없는 여러 문장들이 떠올랐다. 가령 누군가를 기다리는 한 인물의 마음과 유년 시절 마주쳤던 희미한 풍경, 잊고 지냈던 이야기의 씨앗 등이 추상적인 방식으로 조각을 맞춰갔다.

공연이 끝나고 리셉션에 가보니 마츠이 케이코의 CD가 진열되어 있었다. 구매를 고민하는 사이 사람들이 쏟아졌다. 나는 그때 사지 못한 CD를 얼마 전에 한국에서 구매했다. 오랜 전에 발매된 앨범은 구하기가 어려워 찾느라 애를 먹었다. CD플레이어와 오디오가 합쳐진 소노로Sonoro의 제품을 구입하고 음악을 재생했다.

새 소설이 시작되고 있었다.

711

◎

이른 체크아웃 시간과
끝나지 않은 이야기들

∿

송지현

2013년 『동아일보』 신춘문예를 통해 작품 활동을 시작했다.
소설집 『이를테면 에필로그의 방식으로』,
『여름에 우리가 먹는 것』 등이 있다.
〈내일의 한국작가상〉, 〈한국일보문학상〉을 수상했다.

◎

체크아웃에 대한 단상

여행 중 제일 싫은 순간은 숙소에서 체크아웃을 할 때이다. '여행이 끝나는 게 아쉬워서' 라든가 '현실로 돌아가야 해서' 같은 이유는 아니고…… 그저 체크아웃하는 시간이 너무 이르기 때문이다. 나는 잠을 많이 자는 사람이다. 그냥 많이 자는 게 아니다. 원한다면 밥도안 먹고 24시간 동안 잘 수도 있다. 그리고 나는 정말이지 술도 많이 먹는 사람이다. 그냥 많이 먹는 게 아니다. 원한다면 끼니마다, 매번 숙취에 시달리면서도, 또 마실 수 있다. 내가 일찍 일어나며 매일 술을 마시지 않는 이유는 단순하다. 일을 해야하기 때문이다. 돈을 벌러 나가야 하기 때문이다. 그러니, 반대로 일을 하지 않기로 결심한, 그러니까 온전히 놀 것을 결심하여 여행을 떠날 때면, 늘 술을 많이 마시고 잠을 오래 잔다.

그리고 다시 한 번 말하지만 체크아웃 시간은 나같은 과숙면자와 알코올러버에게 늘 너무 이르다. 숙취에 시달리며 잠이 덜 깬 상태로 허겁지겁 짐을 챙겨 숙소를 나와야 한다. 그리하여 나는 보통 숙소에 매번 무언가를 두고 나오고……

예술인들에게 질문

이 글의 테마는 체크아웃이지만 엄밀히 따지자면 이것은 작품에서 빠져나오는 순간에 대한 이야기여야 한다.

솔직히 이 에세이조차 여기서부터 꽉 막히는 바람에 나는 계속 마감을 미루며 며칠째 편집자를 괴롭히고 있다. 정말 죄송합니다, 아침달 정채영 편집자님. 어쨌든 이제는 진짜 써야 한다. 그리고 소재가 떨어졌을 때는 역시 주변 사람을 인터뷰하는 게 최고다.

작품에서 빠져나오는 순간은 대체 어떤 순간이지?

일러스트레이터 p씨: 며칠 동안 마지막 한 문장이 생각 안 나다가 갑작스레 딱, 방점이 찍히고 완성되는 느낌 없어? 뭐, 없다고? 사실 나도 그래……. 그냥 마감일 되면 더 고치고 싶어도 얼렁뚱땅 보내는 거지.

포토그래퍼 j씨: 배고파서 음식 막 먹다가 배불러지면 숟가락질 느려지잖아. 그 정도의 느낌으로 작업에 대한 기분이 느릿느릿해지고, 아 이 얘기는 다 모아진 거구나 하는 순간이 오는 듯? 언제 오는 건지는 아직 의문이야. 그냥 배불러서 숟가락 내려놓는 느낌?

소설가 p씨: 한글창 끌 때.

시인 k씨: 너 마감 에피소드 엄청 많지 않아? 나는 누군가가 재촉해야만 쓰는 슬픈 운명이며 마감 때마다 모두를 걱정시킨다고 써. 마감 에피소드가 너처럼 화려한 사람 또 있을까?

그런가? '작품에서 빠져나오는 순간'이 바로 '마감'인가? 단순히 마감 에피소드를 쓰면 되는데 너무 어렵게 생각하는 바람에 오랜 시간 고민한 건가?

마감 에피소드 1

내가 집중력이 부족한 데다 유혹에 약한 사람이라는 것은 나의 지인 대부분이 알고 있다. 그리고 이런 나에 대해 세상에서 제일 잘 아는 사람은 내 동생일 것이다. 동생은 내가 마감을 못해 곤란을 겪고 있을 때, 여유가 된다면 나를 도와주려고 애쓰는 편이다. 일단 우리 집에 와서 감시자가 되어준다. 너무 많이 자지는 않는지, 술을 마시진 않는지, 지켜보고, 저지한다. 심지어 한번은 내가 누워서 "아, 머릿속에 있는 거 적어주면 좋겠다."라고 했더니 "읊어봐" 하고는, 컴퓨터 앞에 앉아 내가 하는 말을 다 받아 적어준 적이 있다. 결국 송고하는 날, 이메일 전송 버튼을 누르는 것을 옆에서 보고 있던 동생은 울어버렸다.

마감 에피소드 2

동생이 오지 못하게 되어 시인 k가 온라인 화상회의로 나를 감시해주겠다고 했다. 귀촌한 친구 한 명도 나의 마감을 위해 합류했다. k는 글을 쓰고, 귀촌한 친구는 우리가 글을 쓰는 동안 마늘을 까겠다고 했다. 모니터에 떠 있는 친구들의 얼굴을 보니 수다를 떨고 싶어졌는데 다들 마이크를 끈 채 할 일에 열중하고 있었다. 결국 내내 글을 쓰지 않고 딴짓만 하던 나는 모니터 안에 갇힌 그들을 탈출시켜 주었다. 사실 그들은 나 없이도 할 일을 잘 수행할 사람들이었다.

마감 에피소드 3

당연히 동생은 〈호텔 프린스〉에도 나의 마감을 돕기 위해 왔다. 사실 외부인 출입 금지였는데, 다들 알고

도 넘어가 주시는 것 같았다. 이 시기에 나는 극도로 외로웠다. 둘둘치킨에서 소맥을 마시며 조금 운 뒤 방으로 돌아와서는 욕조에 몸을 담그는 것이 하루일과였다. 동생은 이 날을 이렇게 기억한다.

"입욕제 사서 목욕하다가 넘어져서 팔에 크게 멍이 들어있던 언니, 게다가 난 한 번도 본 적 없는 드라마를 챙겨봐야 한다면서 날 덩그러니 앉혀두곤 드라마보다 혼자 울던 언니, 오랜만에 사람 만나서 잠도 안 자고 자꾸 내 쪽으로 돌아누워서 쉬지 않고 말을 하던 언니……가 생각나네."

이런 식으로 마감 에피소드를 나열하자면 아마 발표한 원고의 수만큼 있겠지만 이쯤에서 멈추도록 한다. 왜냐하면 아무래도 나에게 있어 '작품에서 빠져나오는 순간=마감'이 아닌 것 같다는 생각이 들기 때문이다. 그리고 빠져나오는 순간을 깨닫기 위해서는 빠져드는 순간부터 헤아려 봐야 한다는 생각도.

내 것이 아닌 이야기 1

작품에 빠져드는 순간에는 그 어떤 징조도 없다. 사랑에 빠지는 순간을 알 수 없듯이 어느 순간 와르르, 나의 온몸을 점령해 있는 것이다. 매 순간 머릿속을 떠나지 않아, 세상이 온통 그 이야기를 통해 보인다. 문장

과 이미지와 대사는 점차 걷잡을 수 없을 정도로 불어
난다. 그렇게 머릿속에서 이야기를 굴리고 나면 머릿속
에서 굴릴 수 없을 만큼 커질 때가 있다. 그때가 바로 책
상에 앉을 시간이다. 그리고 막 단어를 적어넣는 순간,
나는 내가 생각한 이야기에서 완전히 빠져나온다. 작
품을 쓰는 순간부터 이야기는 더 이상 내 것이 아니다.

자주 받는 질문

Q. 집필에 가장 도움이 되는 것과 방해되는 것은?

A. 집필에 가장 방해되는 것 = 나
A. 집필에 가장 도움되는 것 = 나

Q. 소설집에 수록된 일부 작품들은 연작같다는 생
각이 들 정도로 등장인물 간에 유사한 설정이 있는데,
의도하신 건가요?

A. 모두 나인 인물들
소설을 써서 버는 돈보다, 다른 일을 하며 버는 돈
이 당연히 더 많다. 나의 주 수입원은 강의다. 아무래도
모양새를 갖춰야 하니까 소설 창작 이론을 열심히 준
비한다. 그러나 준비하면서 늘 내게 질문하곤 한다. 내
가 정말 소설을 쓸 때 이런 이론들을 적용하나? 솔직히

말하자면 쓸 때는 내 멋대로 쓰는 것 같다. 퇴고할 때는 조금 도움이 될지 몰라도.

그렇지만 이론서를 읽으며 늘 공감하는 부분이 있다. 바로 인물을 만들려 하지 말고 그 인물이 존재한다고 생각하며 대화하고 인물과 분석하라는 말. 모든 이론서에서 빠짐없이 하는 말이다. 도대체 실존하지 않은 인물과 어떻게 대화하고 또 있지도 않은 인물을 어떻게 분석하란 말인가. 하지만 놀랍게도 그것은 가능하다. 소설 속 인물들을 생각하면 그들은 점점 뚜렷해진다. 형체를 가지고 목소리를 가지고 성격을 가진다. 그리고 더 놀라운 것은 소설을 쓰면 쓸수록 내가 그 인물들을 닮아간다는 것이다. 나는 소설 속의 모든 인물이 되고, 그들의 시선으로 세상을 보며, 그들과 비슷한 방식으로 세상을 감각한다. 그것은 소설이 끝나고서도 오래도록 지속되는 감각이다. 그 감각에서 빠져나오지 못한 채 새 소설을 쓰게 되는 경우가 많고, 그게 아마 내 소설들이 연작처럼 느껴지는 이유가 아닐까? 답은 알 수 없지만.

내 것이 아닌 이야기 2

11년이라는, 짧다면 짧고 길다면 긴 작가 생활 중에 나는 큰 슬럼프를 두 번 겪었다. 마치 함묵증에 걸린 것처럼, 소설에 들어갈 문장이라고 인식되는 순간엔,

간단한 문장 하나도 쓰지 못했다. 두 번의 슬럼프를 겪으며 나는 도망치길 택했다. 한 번은 서울에서 도망쳤고, 또 한 번은 모든 사람들로부터 도망쳤다. 그 시간들을 후회하는 건 아니지만, 도망친 뒤 후련하게 지낼 수 있던 건 아니었다.

마감은 내게 늘 괴로운 시간이었다. 언어는 매번 한계에 부딪치고, 이야기는 언제나 내가 통제할 수 없는 종류의 것이었다. 하지만 글을 쓰지 못하는 나는 마감을 앞둔 나보다 몇 배는 더 괴로운 존재였다. 그런데 대체 글이 뭐라고. 문학이 뭐라고. 하지만 이렇게 생각해 볼 수 있다. 사람은 오직 나로서만 살 수 없다.

작품을 쓴다는 것은 타인이 되어보는 일이다. 타인이 곧 내가 되는 경험을 통해 작품을 쓴 뒤의 나는 이전과는 전혀 다른 내가 된다.

소설을 쓰지 못할 때 무엇보다 힘든 것은 작품을 쓴 뒤의 나를 마주할 수 없다는 거였다.

오직 나로만 존재하는 시간은 무엇보다 너무 외로웠다.

체크아웃하며

글을 쓰면서 제일 좋은 순간은 역시 글을 끝낼 때이다. 이것은 아마 남들이 생각하는 그런 이유일 것이다. 이제야 현실로 돌아갈 수 있는 것이다. 다시 원하는 만큼 잘 수 있고 내가 좋아하는 술도 마실 수 있다.

그럼에도 글을 끝내는 순간이 늘 홀가분하지만은 않다. 숙취에 시달리며 잠이 덜 깬 상태로 허겁지겁 짐을 챙겨 숙소를 나오는 것처럼, 매번 글을 쓸 때마다 무엇인가를 두고 나오는 기분이다.

어쩌면 내가 마감을 힘들어하는 이유는 이른 체크아웃 시간처럼, 작품을 끝내는 순간이 내겐 늘 이르고, 갑작스럽기 때문인 건 아닐까? 혹시 나에게 이야기가 끝나는 순간은 있어도 작품이 끝나는 순간은 없는 게 아닐까?

마감 에피소드 4

이번 에세이도 정말 힘들게 마감했다. 체크아웃과 작품이 끝나는 순간에 대해 생각하며 매일 밤 고치고 또 고치길 반복했다. 그리고 나는 이 글을 쓴 뒤로는 작품을 쓸 때마다 작품이 끝나는 순간을 생각하는 사람이 될 것 같다.

712

◎

장기투숙자에게 인사하기

∿

박서련

2015년 『실천문학』을 통해 작품 활동을 시작했다.
소설집 『호르몬이 그랬어』, 『당신 엄마가 당신보다 잘하는 게임』,
『나, 나, 마들렌』, 장편소설 『체공녀 강주룡』,
『폐월; 초선전』, 『마법소녀 복직합니다』 등이 있다.
〈한겨레문학상〉, 〈젊은작가상〉, 〈이상문학상 우수상〉,
〈SF어워드 우수상〉을 수상했다.

◎

　얼마 전에 모처에서 우먼 임파워링을 테마로 연 행사에 다녀왔다. 뒤풀이 자리에는 시나리오 작가, 싱어송라이터, 웹툰 작가, 영화감독 등 창작자들이 특히 많았는데, 어쩌다 '통조림' 이야기가 나왔다.

　알다시피 통조림은 원고 의뢰처 또는 의뢰인이 작가를 숙소에 감금하고 목표량의 원고가 나올 때까지 체크아웃을 시켜주지 않는 행위(?) 혹은 의식(?)을 의미하는 은어다. 다른 업계 분들에게는 그 말이 다소 생소했던 모양이다.(내게는 그들이 그것을 생소해한다는 사실이 생소했다.) 우연히도 나는 그 자리의 유일한 소설가였기에 해명은 내 몫이 되었다.

"정말 그런 게 있어요?"

"예, 김승옥의『서울의 달빛 0장』이 그렇게 쓰인 소설로 알고 있어요."

"그럼 돈은 누가 내죠?"

"아무래도 원고 의뢰하신 쪽에서…… 요즘은 그렇게 하는 곳 없다고 알고 있지만 셀프 통조림을 시도하는 작가는 종종 있어요."

다른 분야의 창작자들이 부러워하기도 하고 끔찍해하기도 하는(그야 통조림이라는 일의 성격이 원래 그러니까) 것처럼 보였기에 화제는 곧 바뀌었다. 나는 사람이 많은 자리에서 발언 타이밍을 잘 못 잡는 편이다. 외국의 한 심리치료 모임에서 그러하듯이 발언권 지팡이를 건네받은 사람만 말할 수 있었으면 좋겠다. 그럼 소심한 내게도 충분히 말할 기회가 공평하게 주어질 테니까. 이건 내가 그 자리에서 마저 하지 못한 말을 아직까지도 곱씹고 있다는 뜻이기도 하다.

이를테면『서울의 달빛 0장』은 원래 장편소설로 쓰일 예정이었지만 '0장'이라는 부연을 단 채 단편소설로 발표되었다는 말, 그 사건이 통조림의 대표 사례로 남은 이유는 아무나 통조림 당할 수 있는 게 아니라는 의미가 되지 않겠냐는 말(김승옥이 그 소설로 초대 이상문학상의 주인공이 되었다는 사실이 증거), 또…… 쑥스럽

지만 저도 통조림 비슷한 걸 경험해본 적이 있긴 하다
는 말.

*

나는 2019년 1월을 〈호텔 프린스〉에서 보냈다.

*

체크아웃에 대해 말하려면 체크인 이야기를 먼저
해야 하지 않을까? 체크인 없이는 체크아웃도 없고, 체
크인을 한 이상 체크아웃을 영원히 미룰 수는 없을 테
니까.

나는 언제나 쓰기를 되기^{being}로 인식한다.

바꾸어 말하면 나에게 있어 쓴다는 행위는, 내가
쓰고 있는 인물과 점점 동기화되는 현상이라는 의미
다. 내가 지금껏 몰랐던 사람이며 세상에 존재하지 않
았던 누군가의 내면에 점차로 침입해 간다는 뜻이다.
이 진입을 체크인이라고 말해도 좋을 것이다. 하지만
이 비유만으로는 부족하게 느껴진다. 그것은 동시에
그 인물을 내 마음의 방들 가운데 하나에 체크인시키
는 과정이기도 하다.

그러므로 지금부터는 나를 호텔이라고 하자.

내가 호텔이라고 할 때 나의 소설 쓰는 과정은 다음과 같다.

우선 내게 머물게 할 인물을 초대한다. 초대하지 않으면 그는 나타날 수 없다. 단순하게는 그가 먼저 여행 앱이나 숙박업소 예약 앱을 통해 나를 발견해줄 가능성이 전혀 없다는 뜻이지만 보다 정확하게는, 원래 세상에 존재하지 않는 인물이기 때문에 내가 먼저 그를 상상하고 초대해야 한다는 의미에 가깝다.

내가 호텔이어서 편리한 점 중 하나는 항상 그가 나에게 올 것 없이 내가 그에게 갈 수도 있다는 것이다. 어떻게든 우리는 만난다. 그는 우선 체크인 서류를 작성해야 한다. 보증금을 낼 신용카드 번호 같은 건 기입할 필요 없지만 이름과 나이, 국적과 성별 정도는 쓰게 되어 있다. 하지만 그중 어떤 것도, 때로 이름조차도 필수적이지는 않다. 가명이어도 좋고 무기명이어도 좋다. 나는 어린이나 청소년도 혼자 투숙할 수 있는 숙소다.

나는 스태프이기도 하다. 그의 짐을 카트로 운반하는 보이이자 그가 자리를 비우는 틈에 침대를 정리하는 하우스 키퍼이고 라운지에서 와인잔을 닦으며 그가 방문해 속내를 터놓아 주기를 기다리는 바텐더다. 물론 나는 방 그 자체일 때가 가장 많다. 나는 그가 배정된 문 안에 들어서자마자 한숨을 쉬는 사람인지, 앞뒤

재지 않고 침대에 뛰어드는 사람인지, 캐리어 지퍼부터 내리는 사람인지를 관찰한다. 가방 속에는 무엇이 들어있는지를 꼼꼼히 조사하고 어메너티 중 무엇을 쓰고 무엇을 남기며 무엇을 챙기는지를 살핀다.

충분한 휴식 후에 그는 방을 나설 것이다. 그것이 그가 내 시야를 떠난다는 의미는 아니다. 비즈니스를 목적으로 투숙한 손님이라면 컨퍼런스 룸으로 이동할 테지만 여행객이라면 관광지를 둘러보려 할 것이다. 그의 목적지는 내가 수배한 공간이다. 나는 거기에서 그가 누구를 만나는지, 어떤 표정을 짓는지, 선물로 무엇을 구입하는지와 그 이유는 왜인지를 낱낱이 기록한다.

그가 꾸는 꿈에도 나는 침입할 수 있다. 나는 그의 꿈을 프로듀스한다. 설마 그런 것까지? 물론 그런 것까지. 내가 호텔일 수 있다면, 내 투숙객의 꿈을 주무르는 것도 무리는 아니지 않겠는가?

*

작품은 방이 아니다. 방은 나다. 내 안에 방이 있다. 거기서 모든 일이 일어난다.

*

〈호텔 프린스〉의 '소설가의 방'에 머문 한 달 동안 내가 쓴 소설은 나의 두 번째 장편소설 『마르타의 일』이다. 대략 300매 분량의 전반부 원고가 명동에서 쓰였다.

이 소설에는 주인공이 빨래를 하러 본가에 가는 장면이 필요 이상으로 많이 나온다. 주인공은 노량진 고시텔에 사는 임용고시생이기 때문에 본가에 묵은 빨래를 가져가는 것이 크게 개연성이 떨어지는 일이 아니지만, 내가 소설에 이런 행위를 '비치'한 것은 당시에 내가 그런 식으로 빨래를 해결해서였지 개연성을 의식해서가 아니었다. '소설가의 방'은 소설가에게 밥도 주고 임시 거처 겸 작업실도 주는 자비로운 레지던스 프로그램이지만 세탁 서비스는 제공하지 않았기 때문이다.

내 소설의 많은 장면이 이런 식으로 쓰인다. 가령 내가 작업중에 마침 감자탕을 먹은 날이면 등장인물들의 감자탕 먹는 장면도 소설 속에 배치한다든지, 선명한 파랑이 부쩍 예쁘게 느껴진다는 이유에서 주인공에게 파란 옷을 입힌다든지, 최근 인상깊게 본 영화를 등장인물 중 한 명이 좋아하는 영화로 설정한다든지. 은연중에…… 도 아니고 대놓고, 의도적으로 내 생활과 소설 속 인물의 생활을 연동시킨다는 이야기다.

그렇다면 나는 주인공인가?

일곱 번째 장편소설 『폐월; 초선전』이 발간될 무렵 출판사에서 인터뷰 영상을 찍자는 제안을 해왔다. 동양풍 스튜디오를 수배해 둘 터이니 작가인 나도 동양풍 의상을 입고 와주면 좋겠다는 주문이 있었다. 간단하고 합리적이며 이해하기 쉬운 요청을 두고 나는 깊은 고뇌에 빠졌다. 동양풍 의상이 없어서는 아니었다. 한복을 좋아해서 기회될 때마다 한 벌씩 장만하는 취미가 있다. 하여 입을 옷은 진작에 정해둔 참이었지만, 떨칠 수 없는 불안이 그 옷 입기를 방해하는 것이었다. 가령,

저 작가 초선 소설을 쓰더니 자기가 초선이라고 착각하는 거 아냐?

이런 반응이 나온다면 어쩌지 하는 불안. 나는 기를 쓰고 단 한 번도 내가 주인공이라 착각한 적 없음을 주장하고 싶어한다. 누가 봐도 비호감인 인물을 주인공 삼을 때는 당연하거니와 비현실적으로 매력적인 주인공이 나올 때는 더더욱.

보세요, 물론 저는 쓰는 동안 초선이 되려 무진 애를 썼지만, 그건 소설을 잘 쓰고 싶어서지 스스로를 중국 4대 미인에 비견할 만하다고 착각해서가 아니에요. 잘 보시라고요, 저는 다른 사람인 적도 있었어요. 동시에 항상 작가고요.

이렇게 말하며 문을 열고 싶을 때가 종종 있다. 내가 가진 방의 모든 문을 활짝 열고 거기 묵는 인물들을 공개하는 것이다. 그야 나는 호텔이니까. 열린 방문들 건너에서 내가 만들고 초대한 모든 투숙객들이 놀란

눈으로 나의 바깥을 바라볼 것이다. 그들 각자 놀라는 방식이 모두 다를 것이다. 더러는 다소 화난 표정일 수 있고 더러는 쑥스러워 제 눈을 가릴 것이며 또 더러는 동그랗게 떴던 눈을 누그러뜨리며 웃음을 터뜨릴 것이다.

이들 중에는 살인자도 있고 마법소녀도 있으며 심지어(나에게는 '심지어'가 여기에 붙는 게 옳은 일이다.) 남자도 있다. 말할 것도 없겠지만 이중 무엇도 나는, 단한 순간도 진짜로 되어본 적이 없다. 하물며는 개인적으로 알고 지내는 살인자나 마법소녀도 없고…… 남자지인이야 적잖이 있지만 그중에 1900년대생은 한 명도 없다. 내가 쓴 인물들과 나는 연루되지 않는다. 내가 '썼다'라는 사실을 제외하면 우리 사이에는 아무런 연결고리도 남지 않는다는 말이다. 숙박객과 호텔의 관계가 그러하듯이.

어쩌면 치사한 생각일지도 모른다. 나는 나의 투숙객들을 장악하고 싶어하면서 그들이 나에게 역으로 행사하게 될 영향력으로부터는 도망치고 싶어한다. 나는 친절한 호텔이 아니다. 나는 나의 투숙객들에게 인사를 건네지 않는다. 나는 그들에게 설명할 수 없는 친밀감을 품고 있지만 그들이 나를 친애하기를 바랄 수는 없다. 그들은 나지만, 나의 일부지만, 나는 그들이 아니기 때문이다.

*

　내가 호텔이고 나의 주인공들이 투숙객이라면 대체 체크아웃은 언제 일어나는 사건인가?

　이 질문에 대한 답이 곤란해서 이 글을 쓰는 데에 오래 걸린 것 같다.

　이 호텔에는 체크아웃이 없다. 내가 폐업할 때까지 사라지지 않을 투숙객들의 장기투숙이 줄곧 연장될 뿐이다.

*

　꼬박 한 달 가까운 시간을 같은 호텔에서 보낸 적이 있으니 내게도 장기투숙자였던 경험이 있었다고 말할 수 있겠다.

　〈호텔 프린스〉는 내게 식사를 제공했지만 나는 그걸 거의 먹지 못했다. 낮밤이 완전히 바뀌어 식사 제공 시간에 맞춰 식당에 가는 일이 무척 어려웠기 때문이다. 예외로 조식만큼은 기가 막히게 잘 챙겨먹었는데 그건 아침식사라기보다 밤샘의 마무리 의식에 가까운 행위로서 가능했고⋯⋯ 나는 주로 근처 김밥집에서 끼니를 때우거나 배달 음식을 주문해 하루 종일 조금씩 퍼먹으며 지냈다.

배달 음식 봉투를 수습해 방 밖으로 내놓을 때마다 기묘한 수치심을 느꼈다. 식사를 하려거나 담배를 피우려고 문밖으로 나갈 때마다 다정한 인사를 건네오는 호텔 스태프들, 성함은 다 모르지만 오며가며 얼굴이 눈에 익은 이들이 내가 먹은 것의 잔해를 본다는 게 부끄러웠다. 그건 정해진 식사 시간을 지키지 못하는 내 방종한 생활 습관의 생생한 증거이기도 하고 미화의 여지 없이 음식물 쓰레기일 뿐이니까.(피자처럼 남김없이 처치 가능했던 품목을 빼면) 이런저런 이유를 갖다붙일 것 없이 생활의 흔적을 누군가에게 들키는 것은 원래가 부끄러운 일이다. 하여 〈호텔 프린스〉에서 세탁 편의를 제공했다 한들 내가 그 서비스를 흔쾌히 이용했을지도 미지수다.

이런 수줍음들에 가로막혀 나는 호텔 스태프들과 전혀 가까워질 수 없었다. 종종 상상하기를, '소설가의 방' 프로그램을 경유한 작가들 중 나만큼 붙임성이 없는 사람이 또 있었을까? 많은 경우 작가들이란 꽤 사회성이 떨어지는 집단으로 오인되며, 나 자신에게도 그런 견해가 없지 않은지라 나 정도로 머뭇거리는 사람이 없지 않았으리라 상상하기는 쉬웠지만, 실상 작가들이란 직업이 비슷한 사람들일 뿐 그 외의 공통점은 거의 없는 집단이어서 나 말고는 다들 스태프들의 사랑과 신뢰를 듬뿍 받는 투숙객이었을지도 모른다 상상하기도 그리 어렵지 않았다.

하여 〈호텔 프린스〉에서 체크아웃하던 날 나는 마치 도망치는 듯한 기분이 들었다. 흐린 날이었고 밤에는 눈이 내렸던 것으로 기억한다. 호텔에서 제공한 방과는 비교도 할 수 없이 허름한 내 집 내 방(보증금 500 월세 20)으로 돌아가자 마음이 놓이면서도 쓸쓸했다.

돌이켜보면 그건 체크아웃이라는 행위의 본래적 속성에서 온 감정일지도 모른다. 하루를 묵으면 하루치의 생활을, 이틀을 묵으면 이틀간의 자기를 거기 두고 나오는 것이기에, 또한 그건 다음 숙박객을 위해 오후 세 시 전까지 말끔히 정리될 것이기에 쓸쓸함과 아쉬움, 부끄러움을 느끼는 게 당연할 것이다. 스무 날 넘게 묵고 난 후의 체크아웃은 단순 계산만으로도 스무 배 넘는 감상을 남기게 마련, 그러므로……

*

〈호텔 프린스〉에서 지내는 동안에는 나보다 먼저 '소설가의 방'을 경유한 사람들을 상상하곤 했지만 체크아웃한 지 오래인 지금은 나 이후에 체크인한 사람들을 상상한다. 내가 호텔이고 나의 등장인물들은 내게 투숙한 이들이라면, 나 역시 '소설가의 방'이라는 커다란 서사에 초대된 인물 중 하나라고 할 수 있지 않을까? 그러니까 내가 호텔이라면, 〈호텔 프린스〉 역시 하나의 작가로 상상할 수 있지 않을까?

'소설가의 방'은 그가 쓰고 있는 긴 소설이 아닐까?

이러한 물음에 생각이 닿은 순간, 내 호텔의 모든 투숙객들이 방 안을 서성거리기 시작했다.

713

◎

절대 체크아웃하지 않는 방

∼

한정현

2015년 『동아일보』 신춘문예를 통해 작품 활동을 시작했다.
소설집 『소녀 연예인 이보나』, 『코코와 쿄지』,
장편소설 『줄리아나 도쿄』,
『나를 마릴린 먼로라고 하자』, 『마고』 등이 있다.
⟨오늘의작가상⟩, ⟨젊은작가상⟩, ⟨퀴어문학상⟩,
⟨부마항쟁문학상⟩을 수상했다.

◎

당연한 말이지만 모든 호텔에는 어떤 문이 있다. 그런데 나에게는 사실 나만의 호텔이 하나 있다. 그 호텔의 문은 허공에 있을 때도 있고 길바닥에 붙어 있을 때도 있고 벽에 둥둥 떠 있을 때도 있다. 그 문은 언제든지 내게 붙어 있고 또 아예 붙어 있지 않을 때도 있다. 가끔은 아예 사라져서 문의 존재를 잊을 때도 있다. 그러다가 슬그머니 나타난다. 문제는 문 자체다. 문이 있는 이유는 사실 '열기 위해서'다. 호텔의 문이라고 다를까. 문의 용도를 생각해보면 전혀 다르지 않다. 그 의미는 다를지언정 용도는 같은 것이다. 열지 않은 문은 사실 그냥 벽에 붙어 있는 조형물이라고 해도 상관없을 정도다. 게다가 일단 체크인을 했다면 문을 열어야 하지 않겠는가. 열지 않는 문으로는 절대 너머로 넘어갈 수도 없고 당연하지만 아무 것도 볼 수도 즐길 수도 없다. 그러니까 호텔이든 소설이든 영화든 뭐든 일단 문을 열어제끼고 보는 것이다. 무엇이든지 일어나야 하니까.(안타깝게도 공포 영화에서는 문을 열었다하면 주인공만 살아남는 경우가 대부분이지만) 물론 우리가 잘 아는 현실의 호텔에서는, 그 문을 여는 것은 순전히 개인의 자유다. 일단 결제한 호텔 방이 어떻든, 문 너머의 세상이 어떻든 받아들이겠다거나 지독히 모험이 그립다거나 한다면 문을 여는 것이고 안온한 집안이 더 좋고 그 바깥에 무엇이 있는지를 모르겠다면 체크인을 하지 않은 채 문을 닫고 그저 지나가는 것이다. 자 그럼 나만 아는 나의 호텔에서의 경우는 어떨까.

문을 열어제꼈다.

체크인 후 그 문을 활짝 열어제꼈다.

이런 표현이 맞을 것 같다. 별로 유용한 표현은 아니겠지만, 실제 그렇다. 그런데 내가 아는 그 호텔의 그 문은 사실 문 이상의 것이었다. 내가 연 것은 하나의 세계였다. 물론 나의 호텔 이외의 세상이 지루해서라거나 다른 세상이 궁금해서는 전혀 아니었다. 나는 생각보다 내 일상에 매우 만족하며 사는 사람이다. 산책을 나서도 익숙한 동네를 몇 번이나 돌 때도 많다. 무조건 새로운 것보다는 새로운 정서를 느낄 때가 더 새로움과 가깝다고 생각하는 사람이기도 하다. 소설가에게 경험이 꼭 중요하다고 생각하는 사람도 아니다. 아니, 오히려 반대다. 경험해보지 않았을 때 소설을 더 잘 쓰는 경우도 있다. 수시 때때로 여행을 가면서 호텔을 바꿔보는 것을 즐기는 것도 아니다. 그러니까 내가 나의 호텔을 만들고 그 문을 연 것은 호기심보다는 어떤 책임감이었다. 소설이라는 문을 열고 지금 이 세계와 다른 세계에 들어가보고 싶었던 건 일종의 책임감이었다. 문 뒤에 무엇이 있다고 해도 나는 그것을 본 대가를 치르겠다는 책임감.

사람마다 문 너머의 세상은 다 다를 텐데 내가 만든 나의 호텔의 경우, 그곳엔 일종의 '역사'와 '사랑'이 있었다. 역사와 사랑의 호텔이라니! 호캉스도 좋고 바캉스도 좋지만 나의 경우 역사와 사랑의 호텔이 더 적합한 휴식이었던 모양이다. 그것도 숨겨진 역사와 사랑이어서 심지어 내가 문 너머로 직접 가서 그것들을 뒤적일수도 있었다. 문을 넘어간다고 해도 어떤 사람은 모를 그런 것들 말이다. 일단 문 너머의 세상에서 그것들을 뒤적이는 시간이 시작되면서부터 나는 문 밖의 세상보다는 나의 호텔 문 너머의 세상이 더 편안했다. 주변을 둘러보니 너머의 세상엔 역사와 사랑뿐 아니라 정말 다양한 것들이 있었다. 문 밖의 세상에서는 잘 보이지 않던 것들 말이다. 가끔은 이 낯선 호텔 문 너머에서 다른 작가들을 마주치기도 했다. 주변을 보니까 다른 작가들도 그곳에 와서 이런저런 것들을 둘러보고 있었다. 물론 작가들뿐만이 아니었다. 연구자들, 그리고 독자들, 많은 사람들. 각자의 자리에서 문 너머로 온 사람들은 그곳을 떠날 줄 모르는 사람들처럼 보였다. 모두들 일상을 사랑하겠지만 역시나 또 다른 세상을 상상하기 위해 그 호텔에 온 사람들이었다. 나는 역시나 점점 문 밖보다는 문 너머의 세상에 머무는 시간이 길어졌다. 하지만 헨델과 그레텔이 과자의 집을 너무 달콤하게 생각해서 돌아갈 시간을 놓쳐 마녀의 습격을 받게 되는 것처럼, 나 또한 나의 호텔 문 너머의 세상을 너무 오래 둘러보면 항상 문제가 생겼다. 확실히 나는 절반씩 나눠진 인생의 어떤 면을 실감하고 있었는데, 어떤 순간에 나는 분명 문 너머를 구경하는 사람이었지만 한편으로 나는 문 밖에서는 분명 현실의 사람이었다. 아침에 일어나면 변변찮은 반찬을 두고 싱크대에 서서 밥을 먹고, 월마다 청구되는 관리비가 멀쩡한지 씨름하고, 가끔은 계절마다 가야하는 명소들을 가볼까 기웃대는, 친구와 가족들의 대소사를 가늠하며 사는, 지극히 현실에 발붙이고 사는 인간이었다. 언제까지나 나의 호텔 문 너머에 있을 수는 없었다. 게다가 재밌는 사실은 이미 진작에 그걸 염려했는지, 우리에게는 마감이라는 기한이 주어진다는 것이다. 에버랜드의 마감 시간처럼 자유 이용권으로 종일 그곳을 누릴 수 있지만 마감 시간이 되면 아무리 재밌어도, 혹은 아무리 지루해도 나의 호텔 문 밖으로 돌아와야 한다. 이 호텔의 경우는 무조건 후불제다. 일종의 문지기라고 할 수 있는 사람에게 지불하면 된다. 바로 편집자다. 그들에게 원고를 넘겨야 한다. 나의 호텔 문 너머로 가는 건 자유지만 돌아올 땐 일종의 요금을 받는 것이다.

원고를 넘기고 다시 그 호텔 문을 넘을 때면 아무리 즐거워도 이젠 다시 올 수 없지 않을까 싶은 마음을 가지고는 한다. 일상이 바빠진다거나 만족스러우면 이 호텔의 문을 두드리지 않을 것 같기 때문이다. 어떤 때는 충분히 본 것 같아서 다시 열고 싶지 않은 마음도 든다. 이 호텔 문 너머를 좋아하는만큼 기대했고 집중했고 좌절했기 때문에 한편으로는 익숙한 집으로 돌아가 등을 붙이고 유튜브를 실컷 보고 싶은 마음이 큰 것이다.

재미있는 사실을 하나 더 얹어보면, 현실에서도 가끔은 이런 비슷한 마음이 들 때가 있다는 점이다. 실제 호텔 방에 머물렀을 때다. 호텔이라는 것은 진짜 신비롭다. 여행을 가지 않아도 호텔에 가면 여행의 기분을 느낀다. 때로는 고독을 제조하고 싶을 때 호텔 방을 찾기도 한다. 어떤 순간엔 누군가의 생일을 축하하기 위해, 또 어떤 때는 작업을 하기 위해. 결론적으로 우리는 일상에서 벗어나 어떤 세계의 너머를 상상해보기 위해 호텔에 머문다고 할 수 있을지도 모른다. 아주 단순하게 작은 방일 뿐인데도 그곳에는 뭔가 새롭고 낯설고 개별적인 것들이 있다. 굳이 이사를 가거나 여행을 가지 않아도 말이다. 그 문은 뭐랄까, 내가 소설을 쓰기 시작할 때 여는 문과 비슷하다. 일단 너머로 가면 단절이고 그 단절된 세상은 제법 흥미로우니까. 지불하는 돈이 아쉽지 않은 것이다. 그리고 짧은 여행이, 짧은 축하가, 일상에 비해 다소 짧은 작업들이 끝나면 우리는 그 문을 닫아야 한다. 그 순간이 계속된다면 아무리 낯선 것도 곧 일상이 되기 때문에 오히려 그 세계를 지키기 위해 문을 닫는 것이다. 호텔을 체크아웃하는 순간은 그래서 늘 아쉽고 어떤 면에서는 홀가분하다. 당분간은 괜찮겠지? 하는 생각도 같이 따라온다. 그리고 곧 그리워하는 것도.

다시 처음으로, 나만의 호텔 방으로 돌아가본다면, 그러니까 역사와 사랑이 가득차 있는 나의 소설 쓰기로 돌아가본다면, 내게 그것은 완벽한 체크아웃이 존재하지 않는 어떤 호텔 방이기도 하다. 나는 나만의 호텔에서, 굳이 비행기표를 끊지 않아도 갈 수 있는 그 낯선 세계에서, 언제나 반쯤은 돌아오고 반쯤은 돌아오지 않는 방식으로 살아가고 있다. 그래서 사실 잘 모른다. 아직은. 완벽한 체크아웃 이후의 느낌을. 지금으로선? 또 다른 체크인을 하고 싶다. 언제까지나.

714

◎

층간소음

∾

김솔

2012년 『한국일보』 신춘문예를 통해 작품 활동을 시작했다.
소설집 『암스테르담 가라지세일 두번째』, 『망상,어語』,
『살아남은 자들이 경험하는 방식』,
장편소설 『너도밤나무 바이러스』, 『보편적 정신』,
『마카로니 프로젝트』, 『사랑의 위대한 승리일 뿐』 등이 있다.
〈문지문학상〉, 〈김준성문학상〉, 〈젊은작가상〉을 수상했다.

◎

　나는 〈호텔 프린스〉에 마련된 '소설가의 방'에
2017년 8월 14일(월) 14시 이후 입실해서 9월 25일(월)
12시 이전에 퇴실하라는 일정을 통보받았다. 곧이어
객실 이용 안내서가 전달됐다.

　*1. (소설가라면) 객실에서 집필 활동에 집중하고, 지
인이나 애완동물을 불러들이지 않아야 한다. 금연은
의무다.*
　2. (소설가니까) 객실 열쇠를 분실해서는 안 된다.
　3. (소설가를 포함해 누구라도) 객실 이용 안내는 객

실 안에 비치된 '디렉토리 북'을 참조해야 한다.

4. (소설가 또한) 화재 등의 위급사태에 대비해 안내문을 참고해야 한다.

5. (소설가 중에는) 객실 내 비치된 금고를 사용할 수도 있다.

6. (소설을 쓰다가) 객실 청소를 원할 땐 'Make up', 방해받기 싫으면 'Do Not Disturb' 카드를 걸어둘 수 있다.

7. (소설가에게도) 2~3일에 한 번씩 객실 청소를 요구할 권리가 있다. 단, 점심시간은 피해야 한다는 조항을 준수해야 한다.

8. (소설 쓰는 일 이외의) 다른 문의 사항은 프런트 (0번)로 연락해도 좋다.

그 당시 나는 상암동에서 동대문 근처의 회사까지 시내버스로 출퇴근하고 있었다. 〈호텔 프린스〉는 두 목적지 사이에 있었으니 퇴근길에 들러 서너 시간 남짓 글을 쓰고 귀가할 작정으로 '소설가의 방' 프로그램에 신청했다. 어린 아들을 재운다는 평계로 저녁 아홉 시쯤 잠자리에 들었다가 새벽 세 시에 일어나서 여섯 시 반 출근길에 나설 때까지 거실의 책상 위에서 글을 쓰는 게 일과였던 내게 그 결정은 자칫 창조적 리듬을 파괴할 위험이 컸다. 하지만 나는 두 권의 장편소설 『보편적 정신』과 『마카로니 프로젝트』 출간을 준비해야 했고. 메질을 많이 할수록 문장이 단단하고 매끄러워진다는 강박에 시달리고 있었다. 오로지 자신만이 드나들 수 있는 작업실을 얻게 된다면, 더군다나 그곳에서 끼니나 사용료 걱정 없이 지낼 수 있다면(고故 이외수 선생은 작업실에 철문을 설치하고 자신을 가둔 채 아내가 가져다주는 세끼를 축내면서 장편소설을 완성했다고 알려졌다. 그는 자신의 책 전체 문장을 외울 수 있다고 자신했는데, 나는 허풍이 아니었다고 굳게 믿는다.) 한 달 반 만에 두 편의 소설을 퇴고하는 것은 물론이고 새로운 장편소설 원고를 절반쯤 완성할 수 있을 것으로 확신했다. 내가 호텔에서 신선놀음하는 동안 육아와 집안일을 도맡게 될 아내에게 지레 미안해져서, 등단 후 처음 찾아온 행운을 포기하려 했을 때 선정 통지서의 이런 문장을 읽었다.

위 사업에 대한 사업수행이 어려울 경우 본 결과 알림일(2017. 7. 25.)로부터 30일 이내에 사업포기 의사를 예술위원회 사업담당자에게 통보해 주시기 바라며 지정된 기간 내 포기처리가 된 사업에 대해서는 별도의 불이익은 없습니다. 단, 30일 이후 사업포기를 할 경우 다음 해 해당 사업에 대한 선정 대상에서 제외됨을 안내드립니다.(주관부서의 장이 인정한 경우는 제외)

결국 나는 앞으로의 불이익을 피하기 위해서라도 아내 앞에서 고집을 피울 수밖에 없었고, 늦더라도 반드시 잠은 집에서 잔다는 조건으로 간신히 동의를 얻어냈다.(매일 캐러멜처럼 녹고 굳기를 반복하고 있던 아내는 일주일에 한 번씩만이라도 나 대신 '소설가의 방'으로 건너가서 잠시 쉬고 싶다고 푸념했다가 곧 체념했다.) 나는 '소설가의 방'으로 노트북과 텀블러, 세면도구, 라운드 티셔츠와 반바지, 모자를 가져다 놓았다. 혹시라도 옆방에 투숙하고 있을지 모를 또 다른 작가와 마주치지 않기 위해 문 여닫는 소리를 줄이고 방 밖을 나올 때마다 모자를 썼으며, 식사는 대개 호텔 근처의 편의점에서 라면과 김밥으로 해결했다.

　　하지만 나는 결점 없는 환경에 쉽게 적응하지 못했다. 부조리한 세계와 처절하게 대결하겠다는 열의가 타오르지 못할 만큼 방 온도와 습도는 적당했고, 주위는 너무 조용했으며, 책상과 의자는 안락하기 그지없었다. 욕조와 침대와 텔레비전은 너무 가까웠다. 더군다나 호텔 주변의 음식점과 술집은 회사원들과 관광객들로 밤마다 들썩이고 있어서, 호텔 방 안에 수형자처럼 갇혀서 과거나 미래를 생각하는 일은 한심한 작태처럼 여겨졌다. 무기력은 누렇고 끈적한 잠기운을 앞세우고 찾아왔다. 텔레비전을 보거나 찬물로 샤워해도 창조적 리듬은 회복되지 않았다. 나는 새벽에만 겨우 글

을 쓸 수 있는 작가이며, 내 작업에 필요한 연료는 육아
와 집안일과 아내의 잔소리였다는 사실을 인정하지 않
을 수 없었다. 야근이나 출장, 그리고 퇴근 후 술 약속
때문에 주중에 '소설가의 방'에 들르지 못하는 날이 많
아졌다. 간신히 찾아간 날에도 옷을 입은 채 침대 위에
누워 잠을 자다가 시내버스 막차 시간을 넘겨 택시를
타거나, 방 전등을 켜지 않고 유리창 턱에 걸터앉아 맥
주를 마시면서 명동의 저녁 풍경을 감상하다가 귀가했
다. 가족이나 친구를 이곳으로 몰래 불러들여 파티라
도 하고 싶었으나, 호텔 직원들의 감시와 소문을 조심
해야 했다. 상황은 주말이라고 해서 크게 달라지지 않
았다. 아내는 혼자만의 휴식을 요구했고 어린 아들은
아빠와 떨어지지 않기 위해 떼를 썼으며, 나이 든 부모
는 무심한 자식에게 서운함을 노골적으로 드러내셨다.
'소설가의 방'을 얻은 이후로 소설 쓰기는 오히려 더욱
어려워져서, 어린 아들과 함께 저녁 아홉 시쯤 잠자리
에 들었건만 새벽에 일어나지 못하고 출근 시간 직전까
지 잠들기 일쑤였다.

　한 달여간 허송세월한 뒤에야 비로소 퇴고가 걱정
되기 시작했다. 남은 열흘 동안에 어떻게든 두 개의 원
고 중 하나만큼은 끝내야 했다. 그래서 결국 나는 아내
에게 출장을 핑계 대고 사흘 동안 '소설가의 방'에서 출
퇴근하면서(심지어 하루는 회사에 연차까지 내고) 일정

을 만회하려 했다. 퇴근하자마자 대충 먹고 씻은 뒤 잠자리에 들어서 새벽 두 시쯤 일어나 아침 일곱 시 반까지 글을 쓰고 공짜 아침 식사도 거른 채 출근했다. 그러자 심신에 익숙한 창조적 리듬이 되살아나면서 나른한 만족감이 혈관 끝까지 밀려들었다. 오후가 되면 일찍 퇴근하고 싶은 마음만 간절했다. 초조해진 나는 결국 아내에게 또다시 거짓말을 하면서(출장 때문에 글을 쓰지 못했으며, 레지던스 프로그램에 규정된 최소 이용일을 채우지 못할 경우 향후 불이익을 당할 수 있다.) 주말 일박 이일의 외박을 허락받았다. 그 대신 퇴고가 끝나는 대로 아내는 육아와 집안일을 내게 맡긴 채 혼자서 며칠간의 여행을 다녀오겠다고 통보했다.

토요일 오후 누군가가 'Please Do Not Disturb' 카드가 걸려 있는 '소설가의 방' 문을 두드렸다. 그 카드를 걸어놓지 않았더라면 불청객은 방 안에서 아무런 인기척이 나지 않는 걸 확인하고 돌아갔을 테지만, 그 카드 때문에 그는 내가 방문을 열 때까지 포기하지 않고 문을 두드렸다. 방을 청소하러 온 직원이라면 호되게 항의할 작정이었는데, 외국인 남자가 서 있었다.

"혹시 작가이신가요?"

그 순간 불쾌함은 안개처럼 사라지고, 호텔에 한 달 남짓 머무는 동안 처음으로 나의 정체를 알아봐 준 그가 고맙게 생각됐다. 그렇다고 반가운 내색을 할 수는 없었다. 작가의 작업실은 세상과는 격리된 세계라는 인식을 심어주고 싶었기 때문이다.

"그런 것 같습니다만."

"절 기억하시겠어요?"

"죄송합니다만, 처음 뵙는 것 같습니다. 무슨 용건이라도?"

그는 내가 자신을 알아보지 못한다는 사실에 안심했는지, 갑자기 표독스러운 표정을 지으며 한참 동안 나를 뚫어지게 쳐다보더니 쏘아붙였다.

"도대체 저녁마다 방 안에서 뭘 하고 계시는 거죠?"

나는 질문의 의도를 곧바로 알아차리지 못했다. 그래서 마치 그가 수소문해서 나를 찾아온 독자나 기자로 오해하고, 소설가라고 해서 특별한 존재가 아니라는 사실을 알리기 위해 짐짓 겸양을 떨어야 했다.

"소설가라고 해서 온종일 글만 쓰는 건 아니랍니다. 텔레비전을 보기도 하고 낮잠을 자거나 반신욕을 하기도 합니다."

하지만 내 대답은 그를 전혀 만족시키지 못했다. 그는 주변을 두리번거리더니 목소리를 낮춰 속삭였다.

"혹시 이곳에 갇혀 계시는 건가요? 방 안에 감시자들이 함께 투숙하고 있나요? 협박당하고 계신다면 제가 경찰에 신고해드릴까요?"

하마터면 나는 그의 얼굴을 향해 침까지 튀기면서

웃음을 쏟아낼 뻔했다.

"신경 써주셔서 감사합니다만, 그 정도까지 글 쓰는 게 괴롭지만은 않습니다. 조금만 더 버티면 퇴고를 완료할 수 있을 것 같아요. 물론 제게 글을 쓰도록 강요하는 자는 오로지 저밖에 없답니다."

나는 약간 우쭐대면서 대답했다. 마음 같아선 그를 방 안으로 들이고 인스턴트 커피라도 함께 마시고 싶었지만, 살펴봐야 할 원고의 분량이 여전히 많이 남아 있었다.

"선생님은 저한테 거짓말을 하고 계시는 게 아니라면, 불쾌하기 짝이 없는 그런 소리는 언제 어떻게 생겨나는 걸까요? 층간소음 때문에 저와 가족이 잠시도 쉴 수가 없군요."

그제야 나는 머쓱해져서 현실감을 회복할 수 있었다. 하긴, 외국인 기자나 독자를 불러들일 만큼 나는 명성이 높은 작가는 아니다.

"아래층에 머물고 계시나요? 제 방에서 나는 소리가 정말 맞습니까? 제 말을 못 믿으시겠으면 방 안으로 들어와서 확인해보세요. 전 방 안에서는 맨손체조조차도 안 합니다."

"확신이 없는데 제가 유명 소설가 앞에서 이렇게 무례함을 범할 수 있겠습니까? 선생님이 방에 들어가신 지 이십 분쯤 지나면 어김없이 천장이나 벽을 두드리거나 긁는 소리가 들려오기 시작합니다. 오늘 하루만 그런 게 아니에요. 전 이 호텔에 한 달째 머무르고 있답니다. 처음엔 쥐나 벌레의 소행이라고 생각했어요. 하지만 간간이 사람들 목소리가 섞여 들여왔기 때문에, 전 이 방에 갇혀 있는 누군가가 필사적으로 탈출하려 한다는 의심이 들어서 제 두 눈으로 확인하려고 찾아온 겁니다."

"이제 직접 확인하셨으니, 더 이상 제게 무례한 행동을 하지 않으시겠죠?"

"호텔 측에 손해배상을 청구하겠습니다."

"제가 층간소음의 범인이라는 말씀이신가요?"

"범인이 누구인지는 중요하지 않습니다. 이 호텔의 유명한 시설인 '소설가의 방' 때문에 피해를 보았으니, 당연히 배상해야 할 의무가 있겠죠."

"전 해야 할 일이 많으니 이쯤에서 대화를 멈추겠습니다. 허락도 없이 한 번 더 제 방문을 두드리신다면 경찰에 신고하겠습니다."

"선생님이 방문을 닫고 작업을 시작하시는 순간부터 또 층간소음이 들려올 테니, 저는 차라리 저쪽 엘리베이터 앞 의자에 앉아서 선생님이 귀가하실 때까지 기다리겠습니다."

그래서 나는 프런트(0번)에 전화를 걸어 자초지종을 간단히 설명하고, 훼방꾼 때문에 작업에 집중할 수 없다고 불평하면서, 나를 감시하고 있는 자를 즉시 쫓아내 주는 동시에 똑같은 상황이 반복되지 않도록 '소설가의 방' 앞에 걸려 있는 문패(한글과 영어, 일본어와 중국어로 각각 작성되어 있는데, 영문으로는 'This is a room for the Novelist, Kim Sol. It would be highly appreciate if you keep quiet around this area. Thank you for your cooperation.'이라고 표시돼 있다.)를 떼어 달라고 요구했다. 한 시간 뒤에 다시 문을 두드리는 소리가 들려 나가보니 호텔 지배인이 난처한 표정으로 서 있었다.

"선생님도 잘 아시겠지만, 저희 호텔에는 층마다 방범 카메라가 여러 대 설치돼 있어서 불미스러운 상황에 대비하고 있습니다. 다만 작가분들의 프라이버시를 최대한 지켜드리기 위해서 이곳 7층의 녹화 영상만큼은 특별한 이유가 없는 이상 매일 확인하고 있진 않습니다. 하지만 선생님의 불편함을 해결해드리고자 제가 혼자서 녹화 영상을 꼼꼼히 살펴보았는데요, 유감스럽게도 정체불명의 훼방꾼이 '소설가의 방' 문을 두드리는 장면을 발견하지 못했습니다. 선생님은 그 훼방꾼이 이탈리아 사람이라고 말씀하셨지만, 금일 저희 숙박 명부에는 이탈리아인은커녕 유럽인이나 미국인도 없습니다. 왜냐하면 중국과 인도네시아에서 찾아온 손님들이 6층과 7층의 전체 객실을 한 달 동안 사용하고 계시기 때문입니다. 오히려 실망스러운 장면을 발견했습니다. 디렉토리 북에 분명히 명시돼 있는데도, 선생님은 외부 인원을 투숙시키셨더군요. 선생님이 훼방꾼의 방해를 신고하신 시간에 숙녀분이 '소설가의 방'에서 나오는 게 녹화됐습니다. 물론, 작업을 하시는 데 필요한 도움을 받으시려고 그러셨겠습니다만, 그건 엄연히 계약을 위반한 행동이고 저는 선생님을 당장이라도 퇴실시킬 권한이 있습니다. 하지만 전 선생님의 충실한 독자로서 그렇게 하지 않을 것입니다. 그러니 선생님께서도 더 이상 긁어 부스럼을 만들지 않으셨으면 좋겠습니다. 퇴실까지 이틀 남았으니 부디 유종의 미를 거두시길. 그 대신 선생님의 요청을 받아들여 이 문패는 잠시 떼어두겠습니다."

방문이 급히 닫힌 뒤에도 그의 목소리가 들려왔다.

"그런데 정말로 선생님은 통역사 없이도 이탈리아인들과 대화하실 수 있으신가요?"

나는 지배인이 사라지자마자 소지품을 챙기기 시작했다. 그리고 방 안과 욕실을 청소하고 쓰레기까지 챙겨서 저녁 식사 전에 귀가했다. 아내에겐 예상보다 퇴고가 일찍 끝났다고 거짓말을 했다. 아내는 토요일 저녁 열한 시에 시작하는 심야 영화를 친구들과 함께 보러 갔다.

'소설가의 방'에서 퇴실한 뒤로도 한참 동안 나는 창조적 리듬을 회복할 수 없었지만 간신히 일정에 맞춰

『보편적 정신』을 출간할 수 있었다. 반면『마카로니 프로젝트』의 퇴고에는 예상보다 시간이 훨씬 많이 걸려서 출간일까지 조정할 수밖에 없었는데, 명백한 증거가 없더라도 굳이 긁어서 부스럼을 만들고 싶지 않아서 이탈리아인들이 등장하는 장면을 대대적으로 수정했다.

퇴실하고 일 년 뒤〈호텔 프린스〉로비에서 생애 첫 번째 '독자와의 만남' 행사를 했는데, 일곱 명의 참석자 중 누군가가 층간소음에 대해 불평할까 봐 몹시 걱정됐다.

Q. 책을 낸 이후로 어떻게 지내고 계시나요? 소설 쓰는 일 외에 하시는 일이 있으신가요?

A. 무명과 새벽 사이에서 고요하게 지내고 있습니다. 소설을 쓰지 않는 시간 동안엔 회사에 다니고 있습니다. 소설가보다 회사원으로 사는 시간이 훨씬 길지만, 지금의 균형에 만족하고 있습니다.

Q. 소설을 쓸 때 가장 영향을 많이 받은 작가나 작품이 있다면 말씀해주세요.

A. 저를 작가로 단련시켜 준 작가들의 이름을 지면에 열거하는 건 어려울 것 같습니다. 오히려 영향받지 않은 자들을 열거하는 게 빠르겠어요. 그래도 제 대답이 궁금하시다면, 남아메리카의 작가들, 유럽의 철학자들과 화가들, 미국의 재즈 뮤지션들 영향을 언급하

고 싶군요.

Q. 작가의 말을 쓰던 밤에 대해 말씀해주세요. 작가의 말을 쓸 때의 마음가짐은 어땠나요?

A. 작가의 말은 단숨에 쓰이지 않고 오랜 시간 동안 천천히 완성됩니다. 전 그걸 일기나 메모장에서 발굴해 옮기는 편입니다.

Q. 지금까지 쓴 자신의 소설 중에 가장 마음에 드는 작품이 있다면요?

A. 오늘 새벽에 쓰다가 멈춘 소설입니다. 그걸 아직 보여드리지 못해 유감입니다.

Q. 소설을 쓰면서 후회한 적 있으신가요?

A. 지금까지는 없습니다.

Q. 글이 안 써질 때는 어찌하시나요?

A. 머리를 비우고 가슴을 차갑게 만든 뒤, 회사에 출근합니다.

Q. 소설가, 회사원, 아빠, 남편의 삶에 대해 힘들거나 후회하신 적은 있으신가요?

A. 자꾸 이런 질문을 하셔서 제가 후회했어야만 했냐는 생각도 드네요. 제가 소설을 쓰는 이유는 그것 말고는 제가 인생에 있어 잘하거나 해보고 싶은 일이 없어서 그렇습니다.

715

◎

태양이 사자자리에서 빛나면

∾

김멜라

2014년 『자음과모음』 신인문학상을 통해 작품 활동을 시작했다.
소설집 『적어도 두 번』, 『제 꿈 꾸세요』,
장편소설 『없는 층의 하이쎈스』, 『환희의 책』 등이 있다.
〈젊은작가상〉, 〈문지문학상〉, 〈이효석문학상〉을 수상했다.

◎

    사람은 은혜를 갚으며 살아야 한다고, 어릴 때 봤던 전래동화에서 그랬다. 비록 그 은혜를 갚기 위해 동화 속 까치는 단단한 종신에 떼 지어 머리를 들이받는 살벌한 지불 방식을 택하지만, 그래서 그걸 본 어린 나는 티브이 화면 속 즐비한 까치들의 사체에 심리적 외상과도 같은 두려움에 빠졌지만(아아, 은혜는 저토록 무시무시한 거구나, 나는 되도록 받지도 주지도 말아야겠다.) 사는 동안 그 누구도 '은혜'와 무관할 수 없으며 알게 모르게 우리는 타인에게 신세를 지며 살아가고 그렇게 얽힌 서로의 처지와 사정이야말로 삶의 구체적인 양상이라는 것을 나는 배워갔다.

〈호텔 프린스〉의 '소설가의 방'에 머물며 특히 더 많이 배웠다.

내가 '소설가의 방'에서 글을 쓴 건 2018년과 2020년 여름이었다. 두 해 모두 나는 우연찮게 태양이 사자자리에서 타오르는 한여름에 호텔 객실에 머무르며 소설을 썼다. 아마도 그 무렵부터 나는 가차 없는 이 자본주의 시대에 단지 글을 쓴다는 이유만으로 큰 혜택을 받고 있음을 깨달았던 것 같다. 몇 쪽짜리 집필 계획만 앞세운 무명 작가에게 자그마치 한 달간 먹고 잘 수 있는 숙식을 무료로 제공하기가 쉬운 일인가. 아직 책 한 권 펴낸 적 없는 풋내기 소설가였던 나에게.

프런트에서

잠시, 그 '은혜받은' 이야기를 하기에 앞서 내게 주어진 에세이 주제에 관해 설명해야겠다. 나는 〈호텔 프린스〉의 작가 레지던스 10주년 기념 사업의 하나로 산문 집필을 제안받았다. 짧은 소설과 에세이 중에서 좀 더 내 경험이 담긴 이야기를 쓰고픈 마음에 수필을 쓰겠다고 했는데, 알고 보니 글의 공통 주제가 있었다.

체크아웃, 작품이 끝나는 순간에 관하여.

주제를 받아 들고 나는 소설 한 편을 끝낼 때 내 마음이 어떠한지 돌이켜봤다. 뿌듯했을까? 허탈했나? 아니면 문장 하나하나마다 어딘가 미진하다는 마음에 괴롭고 아쉬웠나.

문득 파자마 차림에 퀭한 얼굴로 쓰디쓴 커피를 홀짝이며 자괴감에 빠진 소설가의 모습이 떠오른다. 헝클어진 머리에 며칠간 햇빛을 못 본 창백한 낯빛, 이제 난 망했다고 우는소리를 해대는 나약하고 고립된 글쟁이.

이 상투적인 소설가의 모습은 나이기도 하고 아니기도 하다.

나로 말할 것 같으면 소설이 안 써진다고 엽총으로 자기의 삶과 글쓰기를 끝낸 헤밍웨이 형 작가도 아니고, 자기의 본업은 주부라 말하며 취미 삼아 수백 편의 추리 소설을 쓴 애거사 크리스티 형 작가도 아니다. 그럼 나는 어떤 작가일까?

체크아웃, 체크아웃.

퇴실하려면 먼저 입실부터 해야 하고, 그 체크인 과정에는 나의 신분을 보여줄 증표가 필요하다. 한 편의 소설을 끝내는 마음도 그렇다. 기어서 나가든 뛰쳐나가든 소설 밖으로 나가려면 우선 어떻게 소설 안으로 들어가고 그 안에서 무슨 일이 벌어지는지부터 되짚어야 한다. 나는 왜 쓰는가. 무엇을 쓰고, 그걸 쓸 때 작가인 내 몸과 마음에선 어떤 일이 벌어지는가.

뒤엉킨 머릿속 '소설가의 방'을 환기하기 위해 음악을 듣는다. 호텔 하면 떠오르는 Eagles의 〈Hotel California〉를 연속으로 감상한다. 흥미롭게도 이 노래의 마지막 가사도 체크아웃과 관련돼 있다. 가사 속 화자가 호텔 안 기이한 모습에 놀라 밖으로 나가려 하자 호텔 직원이 친절하게 말한다.

당신은 언제든 체크아웃할 수 있어요. 하지만 결코 떠나지 못할걸요?

영원히 나갈 수 없는 호텔, 그곳은 어디일까?
사실 나를 초조하게 만들거나 반대로 손꼽아 기다리게 만드는 체크아웃은 한 편의 소설에서 빠져나오는 순간이 아니다. 나에게 독촉장을 내밀며 언제나 내 삶의 그림자처럼 함께하는 퇴실은 다름 아닌 죽음이다. 그 체크아웃은 소지품은커녕 내 육신 그대로 나갈 수 없고, 나가서 어디로 가는지조차 명확하게 알려진 바 없다. 나에게 당도할 너무도 확고한 그 퇴실이 있기에, 나는 그 사이사이에 있는 작은 짐 빼기들이 그리 버겁게 느껴지지 않는다. 작아서 보잘것없다는 게 아니라 작기에 더 강력하고 되돌릴 수 없는 '죽음이란 최종 짐 빼기'에 은근슬쩍 묻어갈 수 있달까.

체크아웃, 체크아웃.

노래마저 길을 헤매게 할 땐 산책에 나선다. 음악
과 산책은 글쓰기의 출입구를 찾는 데 도움을 준다. 혹
은 충분히 헤매게 만들어 깊이나 침잠에 대한 갈증을
채워준다. 나는 음악과 내 보행 속도가 만드는 겹리듬
을 따라 책이 가득한 도서관으로 향한다. 그러고 보니
작가가 글쓰기를 끝낼 때 어떤 일이 벌어지는지 내밀
하게 분석한 책이 있다. 모리스 블랑쇼가 쓴 『문학의 공
간』이다. 이제껏 나는 어림잡아 이 책을 두세 번쯤 들춰
본 것 같은데, 여전히 문학의 공간에 뭐가 있는지는 아
리송하다. 아리송하고, 그래서 침묵할 수밖에 없고, 은
밀하면서도 불확실하기에 한층 더 모호한 익명의 존재
들에 의해 찢겨나가는 것이 블랑쇼가 말하는 문학의
공간일까.

작품을 쓰는 자는 한쪽으로 밀려나고, 작품을 다
쓴 자는 쫓겨난다. 쫓겨난 자는 더구나 그 사실을
알지 못한다. 이러한 무지가 그를 지켜주고, 그가
계속하게 허락하면서 즐기게 한다. 작품이 이루어
졌는지 작가는 결코 알지 못한다.*

그렇구나. 나는 쫓겨났던 거구나. '무지'와 '허락'에
힘입어 쫓겨난 줄도 모른 채 아랫도리를 벗어던진 아이

---

* 모리스 블랑쇼, 『문학의 공간』(이달승 옮김, 그린비, 2010, 14쪽.)

처럼 부끄럼도 없이 문학이란 공유지를 활보했던 거구나.

물론 블랑쇼가 책에서 예로 든 작가는 말라르메나 카프카 같은 위대한 인물이지만, 나에게도 두 사람과 닮은 공통점이 있다. 나도 글을 쓰고, 내 필명에도 M과 K가 들어가고, 또 가끔 나도 일기를 끄적거리고, 또……

한 편의 글에서 빠져나가는 방법은 무엇일까. 혹시 그건 다단계의 비즈니스 모델과 비슷하지 않을까. 속되고 편협한 비유지만, 만약 그렇다면 이 피라미드 구조에서 빠져나가는 방법은 내 몫을 해줄 또 다른 한 사람을 데려오는 것이다. 이상하게도 문학이란 조직은 판매원이 앞에 나서 새 조직원을 구하기보다 그 조직의 생산물인 책에 끌려 사람들이 제 발로 걸어 들어오는 경우가 많다. 그래서 아마도 문학의 주변에는 그토록 매혹적이고 근사한 말들이 가득한지도 모르겠다.

나 역시 내 몫을 해주는 한 사람의 힘으로 한 권의 책에서 벗어날 수 있었다.

내가 문학이란 공간의 바깥에 있는지 아니면 그 아래에 짓눌려 있는지는 알 수 없으나, 분명히 나는 한 사람을 통해 내가 쓴 글에서 '놓여나는' 기분을 느꼈다. 가령 내가 쓴 에세이집을 읽은 어느 독자가 이메일로 자신의 진솔한 소감을 전해줬을 때. 첫 장편소설을 펴낸 뒤에 오랜 문필 활동을 해왔던 어느 기자가 나에게 소설에 관한 사려 깊은 질문을 던져주었을 때. 물론 그들에게 나를 구하려는 의도까진 없었겠으나 그들의 읽기와 말하기가 나를 구했다. 한밤중에 산속의 종이 세 번 울리는 것처럼, 믿기 힘든 한 사람 한 사람의 독서가 내 안의 독과 똬리에서 나를 풀려나게 해주었다. 그 체크아웃은 허탈감이나 미진함 같은, 나에게로 향한 감정이 아니었다. 그것은 어둡고 희박한 희망을 향해 엎드린 기도이자 내가 남겨두고 온 글이 누군가의 느낌과 부딪혀 진동하는 소리였다.

종소리, 종소리.

종루에 흥건한 까치들의 핏자국과

새끼 까치도 못 먹고 인간에게 복수도 못 한 원통한 구렁이가 용이 되어 승천하는 소리. 내게 들려오는 그 소리에는 언제나 배음처럼 구렁이의 현실적인 독설이 깔려 있다.

누가 너를 위해 한밤중에 종을 울려주겠나?

첫 여름, 첫 입실

'소설가의 방'에 입주했던 2018년 여름은 호텔이 있는 명동 거리가 북적였다. 부채꼴 모양으로 된 호텔 입구의 계단에는 캐리어를 든 관광객들이 분주히 오갔고, 금빛 테두리로 된 문을 열고 들어서면 정장을 갖춰

입은 직원들이 프런트에 서서 가벼운 눈인사로 손님을 맞아주었다. 그때 로비를 밝히던 환한 조명이 여전히 눈에 선하다. 당시 내게는 5층에 있는 '소설가의 방'이 배정되었다. 나는 문에 붙어 있는 작은 안내판(이 방엔 작가가 글을 쓰고 있으니 오가실 때 조용히 해달라는 안내 문구가 여러 나라의 말로 번역돼 있었다.)을 가만히 들여다봤다.

"얼마나 다행이니, 네가 거기 있다고 생각하니까 마음이 편안해."

이따금 엄마와 통화하면 엄마는 그해 여름 펄펄 끓는 무더위를 증언하며 나에게 아예 호텔 밖으로 나오지 말라고 당부했다. 기상 관측을 시작한 이래 가장 혹독한 더위가 연일 이어지던 시기였다. 나는 냉방이 잘되는 호텔 안에서(꾸벅꾸벅 졸다가) 글을 썼다. 그리고 거의 매일 내가 누리는 이 모든 것을 누구에게 감사해야 하는지 생각했다. 한국문화예술위원회일까? 나를 입주 작가로 뽑아준 선정위원들? 아무래도 〈호텔 프린스〉의 대표님이겠지. 그리고 이 호텔의 객실에서 동료들과 글을 썼다는 선배 작가님. 그 선배 작가의 집필기를 호텔 직원이 우연히 볼 수 있게 글을 실어준 어느 잡지사도 고맙고, 무엇보다 호텔이 운영될 수 있게 명동에 방문하는 외국인 관광객들에게 특히 더 감사하고, K-뷰티와 화장품 산업을 견인하는 아이돌과 한국 드라마도 빼놓을 수 없고……

내가 은혜를 갚아야 할 대상은 그 모든 이들, 이 세상 전부였다.

그간 소설가의 방에 다녀갔던 이들도 나와 비슷한 마음이었는지, 작가들은 자신들의 저서를 호텔에 기증했다. 직원 식당으로 가는 복도 모퉁이에 그 책들이 꽂힌 서가가 있었다. 나는 한 권씩 책을 펼쳐보며 작가들이 남기고 간 사인을 보았고, 아직 나에게는 여기에 꽂을 만한 단독 저서가 없다는 것에 혼자 의기소침했다.

그리고 얼마 지나지 않아 나는 '소설가의 방'에서 생애 첫 청탁 전화를 받았다. 처음 소설을 발표한 지 4년 만의 일이었다. 그때까지 나는 신진 작가들을 위한 공모전이나 등단한 지면에서 관례로 신작을 발표하는 것 말고는 소설 집필을 제안받은 적이 없었다. 그해 여름 나는 간간이 호텔 주변을 산책하며 어떤 소설을 쓰면 좋을지 궁리했다. 그렇게 쓴 것이 단편소설 「물질계」다. 소설 속 인물들이 뜬금없이 호텔로 들어가 시원한 트윈 베드에 누워 낮잠을 자는 장면은 '소설가의 방'에서 지내던 시간이 아니면 쓸 수 없었을 것이다.

두 번째 여름과 두 번째 입실

2020년 '소설가의 방'을 찾았던 때는 감염병이 극심했던 시기였다. 어느 날 나는 잘 쓰지 않는 이메일 계

227
태양이 사자자리에서 빛나면

정에 들어갔다가 〈호텔 프린스〉에서 보내온 소식을 봤다. 안 그래도 전 세계를 휩쓰는 전염병으로 인해 관광객이 줄어들고, 명동의 상권이 위기에 처했다는 기사를 여러 번 봤던지라 호텔의 사정이 걱정되었다.

그런데 호텔 측에서 보내온 메일은 새롭게 꾸민 '소설가의 방'에 초대하는 안내장이었다. 호텔은 객실 중 일부를 사무 공간으로 바꾸었으며 앞으로 예약제로 서비스를 제공한다고 했다. 그러니 작가님들이 와서 무상으로 사용해보시라고.

아니 왜 또 무료인가. 상황이 어렵다면서 왜 자꾸…… 라는 마음은 잠시였고, 나는 재빨리 날짜와 시간대를 골라 예약했다. 도시의 사람들이 산과 바다로 휴가를 떠나는 8월, 나는 다시 〈호텔 프린스〉의 '소설가의 방'에서 내 노트북을 켰다. 하루 최대 이용 시간을 꽉꽉 채우며 한동안 그곳에서 장편소설의 초고를 썼다. 새롭게 바뀐 '소설가의 방'은 이전의 객실처럼 침대나 화장대는 없었고, 널찍한 책상에 등받이가 있는 사무용 의자와 커다란 그림 액자가 단정하게 배치되어 있었다. 호텔 분위기도 전과 달랐다. 정문과 로비를 바쁘게 오가던 관광객들은 드문드문했고, 곳곳이 환하던 2년 전과 달리 사용하지 않는 공간은 어둡고 고요했다. 엘리베이터 안에서 마주치던 낯익은 직원들도 보이지 않았다. 대신 점심시간이면 근처 직장인들이 호텔에 와서 커피를 마셨는데, 내가 조식을 먹곤 하던 2층 레스토랑 한쪽이 카페로 바뀌어 있었다.

나도 그 카페에서 커피와 토스트 세트를 사 먹었다. 매일 아침 '소설가의 방'으로 갈 때면 먼저 2층에 들러 카야 토스트와 아이스 라테를 주문하고, 종이봉투에 담긴 토스트를 들고서 집필실로 향했다. 아쉽게도 그때 썼던 장편소설은 여러 공모전에서 탈락했다. 하지만 응답받지 못했던 내 글쓰기를 위로해줄 만큼 나에게 인상 깊게 남은 기억이 있다. 카페 소파에 앉아 있던 나에게 다가와 사인을 부탁했던 한 사람.

"제 책을 사셨어요?"

나는 놀란 얼굴로 물었다. 믿기지 않는 광경이었다.

"네, 읽고 싶어서 샀어요."

나의 첫 소설집을 손에 든 호텔 직원이 말했다. 나는 표지를 펼쳐 사인했고, 아마도 그때가 출판사 밖에서 내가 처음으로 독자에게 사인해 드린 날이리라. 그리고 얼마 뒤에 내 소설집을 찍은 사진이 〈호텔 프린스〉 SNS 계정에 올라왔다.

와, 내 책이 올라왔어. 누가 해시태그 '김멜라'로 책을 올렸어!

그때 나는 혼자 얼마나 감격했던가. 누군가 내 글을 읽는다는 것, 그런 일이 실제로 일어나는 것에 나는 또 얼마나 두려웠던가.

그칠 줄 모르는 열대야

실내 습도 92.5 퍼센트. 나는 지금 물속에 있는 걸까? 우리 집 거실에 거대한 수맥이라도 흐르나?

태양은 다시 사자자리에서 이글거리고, 나는 '소설가의 방'에서 지내던 여름을 떠올린다.

기분 좋게 사각거리던 새하얀 이불과 동그랗게 감겨 있던 욕실 수건들. 묵직한 무게감으로 열리고 닫히던 객실 문과 혼방 섬유가 깔려 있던 복도. 언제나 깨끗하게 다림질된 셔츠를 입고서 차분하게 호텔 안을 오가던 직원들. 처음 '소설가의 방'에 머물던 시절, 나는 집에서 가져온 여름 티셔츠를 객실 옷장에 걸어놓고서 하루에 한 장씩 꺼내 입었다. 매일 밤 자기 전에 그날 입은 옷을 손빨래한 다음 탁탁 털어 옷걸이에 걸어놓으면 다음 날 아침에 은은한 비누 향과 함께 옷이 잘 말라 있었다.

체크아웃, 체크아웃.

어떻게 그 방에서 나갈 수 있을까. 몸은 떠나도 기억은 남아 있고, 이렇게 글로 쓴 그때의 추억들이 다시금 '소설가의 방'을 찾는 이들과 그들이 쓴 이야기로 이어질 텐데.

책과 호텔.

까치와 홀로 글 쓰는 이들의 사자후.

짓찧어 피 흘리는 머리처럼 타오르던 그해 여름.

어떤 호의가 우리를 계속 살아가게 하나?
누가 너를 위해 한밤중에 종을 울려주겠나?

호텔 프린스 소설가의 방
10주년 기념 에세이 앤솔러지

쓰지 않은 결말

1판 1쇄 펴냄 2024년 12월 11일

지은이 우다영, 도재경, 정용준, 최정나, 김성중, 김덕희, 정은, 이민진,
　　　 이지, 민병훈, 송지현, 박서련, 한정현, 김솔, 김멜라

펴낸곳 아침달
펴낸이 손문경
편집 정채영, 이기리, 서윤후
디자인 정유경, 한유미

출판등록 제2013-000289호
주소 04029 서울시 마포구 양화로7길 83, 5층
전화 02-3446-5238
팩스 02-3446-5208
전자우편 achimdalbooks@gmail.com

ⓒ 우다영 외 14인, 2024
ISBN 979-11-94324-14-0 03810

이 책은 한국문화예술위원회와 호텔 프린스가 주관하는 '소설가의 방' 레지던스 사업
10주년을 기념하여 제작되었으며, 한국문화예술위원회에서 고료를 지원하였습니다.

* 책값은 뒤표지에 있습니다.